U0851098

遇见不丹

王冲寒 著

南方日报出版社
NANFANG DAILY PRESS
中国·广州

图书在版编目（CIP）数据

遇见不丹 / 王冲寒著. -- 广州 : 南方日报出版社, 2020.1

ISBN 978-7-5491-2126-7

Ⅰ. ①遇… Ⅱ. ①王… Ⅲ. ①游记—作集—中国—当代 Ⅳ. ①I267.4

中国版本图书馆 CIP 数据核字(2019)第 285731 号

YUJIAN BUDAN

遇见不丹

著　　者：王冲寒
出版发行：南方日报出版社
地　　址：广州市广州大道中 289 号
出 版 人：周山丹
责任编辑：刘志一　巫殷昕
责任技编：王　兰
责任校对：裴晓倩
装帧设计：肖晓文
经　　销：全国新华书店
印　　刷：广州市岭美文化科技有限公司
开　　本：787mm×1092mm　1/16
印　　张：16
字　　数：190 千字
版　　次：2020 年 1 月第 1 版
印　　次：2020 年 1 月第 1 次印刷
定　　价：68.00 元

投稿热线：（020）87360640　　读者热线：（020）87363865

发现印装质量问题，影响阅读，请与承印厂联系调换。

自序

总有一个地方在静静地等着你

“若不是因为他，至今我还不明了我是一个漂泊的人。”翻开不丹活佛宗萨蒋扬钦哲仁波切所著的《正见》，第一眼看到的是扉页上的这段文字，开始不明其意，后来才明白这是写给佛陀的话，此处的“漂泊”乃指生生世世的轮回中，生命如同一叶漂泊的小舟。旅途中也常有这种漂泊之感，遇见，欢喜，作别，不舍，忘却，接着又开始新一轮的旅程，邂逅不一样的风景和人物，熟稔之后又再度离开。细想起来，每一段旅程中的遇见，拼接起来，也犹如生命的轮回，只不过更为短促而已。

不丹的这段旅程，是我这些年孜孜不倦地跨越千山万水，走过地球各大洲近百国的行迹里，非常特别的一段，它是如此亲切和温暖，离开后每每忆起，总有一种莫名的离愁别绪，想念不已。这个隐迹于喜马拉雅山脉东段的袖珍国家遗世而独立，迷雾笼罩下飘渺的山岚、宛若天上宫殿的宗堡，还有空中翻飞的五彩经幡，无数次出现在我的梦境之中，以致我经常怀疑，假如有前世今生，在我生命的千万次轮回中，是不是曾与这片淳朴的土地有过某些说不清道不明的交集。

记得那次盘山越岭，徒步数小时登上虎穴寺，在寂静的山之巅跪于佛前，不知怎的突然一阵心悸，平日里的压抑和委屈全都从心底涌出，坚强的铠甲在这香烟缭绕的佛殿之上顷刻卸下，想起聚合离散的无常，想起倏然远去的至亲，想起生命里那些无法承受之重，眼泪止不住扑簌簌地往外流，好一阵子才得以平息。从来没有试过，在一个陌生的异域里，面对素昧平生的面孔，去掉成人世界的所有伪饰，触摸自己最真实最纯净的内心。不丹这段旅程，是如此与众不同，它是一段宁静舒缓的心灵之旅，像是坐上时光穿梭机，回到我们已经消逝的从前，在纯净质朴的人文和自然中，观山见水，同时也观照自己的内心。

不丹究竟值不值得一去？总有朋友这么问我。其实，我也很难给出标准答案。在网络上读到的一段话让人颇有感触，以此来回复这个问题我看恰当不过。“若她未经世事，就带她看遍世间繁华；若她历经沧桑，就带她去坐旋转木马。”如果你的旅行地图才刚刚开始描绘，那不妨多看些风景，多经历些旅程，多领略些世间的热闹繁华和雄奇绮丽，再选择来不丹，相信这个时候，你才能真切地体会绚烂归于平静的独特之美。当你的护照本上已经密密麻麻盖满了签证的戳印，却在为选择下次出行的目的地颇费踌躇时，这时候有一个地方，不争不显不露，在世界之巅喜马拉雅山脉的另一边安静地等着你，那就是不丹。

不丹究竟有什么好？让我一去再去又再去。这也是朋友们好奇的问题。还记得三年前的那个下午，我和儿子在电脑前查阅旅游资料，当不丹这个国家进入我们一家人的视线时，几乎没有半点犹豫和纠结，我们就一致选定了它。我相信，这是某种巧合，也是一种缘分。时间再往前推若干年，2008年不丹新任五世国王登基，被誉为世界上最年轻最英俊的国王旺楚克五世头戴渡鸦皇冠首次出现在媒体上，因为这张阳光俊朗的面孔，当时就对不丹这个神秘国度心生向往，没想到有一天我们可以一家人结伴同行，进入他的领土实地游历探索。又因我多年从事媒体记者的职业经历，一向有边游边记的习惯，三访不丹一路随心记下的点滴，竟然在某年某月的某一天可以汇集成这本书。

不丹的旅程，像是对一段已然流逝的时光依依不舍的回望，对昔年不经意丢失的瑰宝的再度捡拾，那里有未经现代文明污染的纯净清澈、质朴天然，有源自心灵宁静和满足的欢喜自在，还有因信仰而生的虔诚和敬畏之心，以上种种，在我们当下所处的世界，竟然都成了稀缺品。不丹的旅程，让我似乎回到孩提时代淳朴自然的田园生活，那时候贫富分化不大，大家拥有的虽不多，却都有一颗愿意为微不足道的事情开启喜悦之门的心。

每次从不丹归来，内心都充盈着别样的感觉，难以忘怀。不丹对我来说已经不是一次普通的旅行，在这个以幸福感闻名的国度行走，一路上所见所闻，常让我重新思考幸福的定义，在我们过往人生路上的那些苦苦追求，有多少是必须的，而又有多少被忽视了。

也许有人会以为不丹的幸福感并不真实，只是闭塞和落后带来的一种自我满足。事实上，物质丰富的我们比起物质贫乏的他们，不见得可以获得更多的幸福和满足感。印度哲人克里希那穆提曾经说过：空无者乃幸福者。在这里，我理解哲人所指的“空无”，是一种超然于物外的心态，不论周遭环境如何变化，依旧保有一颗感知幸福和快乐的初心。行走不丹，让我可以品味其中深意。

不丹当真如此美好吗？作为一名旅者，我也没办法看到它的全部，我只能记下旅程中那些让人怦然心动的片断。我想，对于这个问题，即便是一名生于斯长于斯的不丹人，恐怕也难以给出一个令人完全满意的答案。正如不丹活佛宗萨蒋扬钦哲仁波切所言，“我永远不能和你分享我正经历的，我所经历的，只有我能经历。”

的确，旅程最迷人之处是亲历，我们相信，所有的遇见皆是美好。不丹于我，即是生命里的一次美好而又难忘的遇见。

目录

CONTENTS

初/访/不/丹

穿越千山万水来见你

离开的那一刻到了，步入帕罗国际机场时我忍不住频频回首，心里莫名产生一个念头，这个地方我还会再来的。

（图/有生　婧暄　摄）

中国织女与不丹织女的相遇

一丝一缕手工编织的布料，美似天上云锦

这是三年前冬季的一次旅程，初访不丹的那份喜悦和新奇依然历历在目。

凌晨3时，从曼谷转机飞往不丹帕罗，途中经停印度，抵达后马不停蹄奔向首都廷布，一夜无眠再加初上2300多米海拔高原的轻微不适，胸闷、头晕，脚底发虚，决定先回酒店稍事休息。辗转多地飞到不丹这片传说中人间最后的伊甸园，空中俯瞰，峡谷里景象万千，但见白云悠悠，山川田野和村庄纤尘不染，真如世外桃源一般。如今身临其境，虽说旅途疲惫，却舍不得在酒店房间多待半刻，梳洗完毕便急着想往外跑了。

不丹的首都廷布，位于喜马拉雅山麓的旺曲河谷中，走在廷布街头就像走进了群山环抱之中，举目可见远处积雪的山峰，消融的雪水汇成汩汩清流，从绘着彩色图腾的不丹民宅房前屋后蜿蜒流过，三三两两的小狗有的聚在树下闹腾，有的躺在冬日的暖阳下呼呼大睡。山坡那头，穿着传统服饰的不丹小伙和姑娘款款走来，一脸的安逸满足，这人，这山，这水，这狗，像是一幅会动的宋人山水工笔画。

这是白天初进廷布的第一印象。补觉饭罢，夜幕已降临，高原的夜晚冷风嗖嗖，室内的柴火炉燃得正旺，我们决定去看看廷布的夜色。我们住的酒店建在山上，出了门，白天的山峦已隐于黑色的天际，借着喜马拉雅山麓的满天星光，行走于廷布的山野泥路，黑暗中犬吠声忽远忽近，叫个不停。行至山谷的高处俯瞰，首都廷布的灯火即映入眼帘，不丹国王办公的城堡——扎西曲宗亮着灯，远远看去就像从天上飘来的宫宇，落在我们脚下的旺曲河西岸。

看完夜景，想起白天在廷布遇到的女孩，都穿着一身不丹国服琪拉（Kira），曳地的长裙裹着小腿，披着一头长发，小步走路袅袅娜娜的背影，美得不行。于是请不丹导游Kinley带

山中佛国，云去又云来，天地还常在

似点点繁星的灯火，照亮了夜里的山谷

我们去夜市上买“琪拉”。我们的导游今年23岁，他身上穿的也是不丹男人的传统服饰帼（Gho），灰色的袍子中间系着腰带，下身是及膝的裙，脚上套着长棉袜和棕色靴子，黝黑的脸上透着高原人的英武之气，像古装戏里的武将一样，看起来帅极了。

Kinley见我们对不丹的传统服装感兴趣，很是开心，这也是不丹人的骄傲。当这个世界上很多地方的人们，审美被同化，都在流行牛仔裤和休闲装时，不丹人在正式场合仍然坚持穿着他们的传统服装，展示他们独特的美丽。我们在廷布街头看到的王室画像，国王旺楚克五世，在英国牛津大学受过教育的年轻人，还有美丽的王后吉增•佩玛，穿的都是王室特制的帼和琪拉。每逢节日聚会，男男女女都会穿上家里最漂亮的帼和琪拉。姑娘家压箱底的琪拉，最精美的那件一定是为大喜之日而留。我们熟知的明星梁朝伟和刘嘉玲在不丹大婚，穿的也是这里的帼和琪拉。

初到不丹第一天，顶着冷风，摸黑走着山路专门赶到廷布的集市上买琪拉，那迫不及待的样子现在想起来都觉得可笑。只是昏暗的灯光下，如何在五颜六色花式繁多的布料里挑选一件适合自己的琪拉，却让人犯难了，只好赶紧拉来导游和服务员当参谋。Kinley很细心，帮我选了两款布料，一种是暗红间明黄的条纹布，另一种是暗绿色格状纹布料，披在身上感觉还是红色布料更衬肤色，最后花了200元人民币，给自己买了一件改良款的半截琪拉穿上。

琪拉其实是一块手工编织而成的长布，穿在身上系上扣子就成了一条长及足踝的裙。这家店里还挂着一种更精致的丝织布料，上面点缀着像织锦一样的粉色小花，用玻璃罩住，不给随便触摸。导游告诉我，这一款是不丹王后定制的琪拉，一身行头至少要10万努（不丹货币，10万努相当于1万元人民币）。虽然没

喜马拉雅山下喜相逢，我与不丹姑娘

能穿上王后的定制琪拉，我还是满心欢喜，接下来的七天旅程，我就穿着这身琪拉走访了地球上的最后一片净土——不丹。

廷布的夜市，除了琪拉，还有手工制作的靴子、围巾，都十分精美，令人爱不释手。也许因为自己是手工编织爱好者的缘故，我格外留意这里的手工艺。在机械制作盛行的现代，不丹人对手工织品依然钟爱。在参观不丹国兽塔金途中路过的民宅，碰巧遇见两个十来岁的不丹女孩，坐在自家门口纺纱织布，使用的还是传统的木质织布工具，一双巧手牵动着织布机上细密的经线和纬线，编出不同颜色的花纹。女孩今年读七年级，不丹的学校有两个月的冬季假期，闲暇时就待在家里做手工，帮补家用。我的手机上刚好保存有自己平时的一些手工编织作品，忙打开来和她分享。“这是中国的手工钩针通花，我做的！”我当时戴着一条自己新做的红色蕾丝围巾，与不丹的手工织布相比，是两种不同风格的美，女孩面带微笑，好奇地打量着。

初到不丹这片国土，一个中国的织女，一个不丹的织女，之前隔了千山万水，素未谋面，因为共同喜欢的手工编织，聊到一块去了。

“唧唧复唧唧”，山中织布的不丹小木兰

这里的鱼儿不能抓 苍蝇不能打

没有红绿灯的首都

不丹首都廷布，是喜马拉雅山脉脚下的一个袖珍小城，站在半山就可一览无遗。山道弯弯穿过小城，溪水淙淙流淌而过，小桥那边绿草如茵，是高山上唯一的足球场，曾经举办过中不（中国—不丹）足球赛。再往前的开阔处，是不丹的集市。廷布可能是世界上唯一没有红绿灯的首都，我们经过一个十字路口，设有首都唯一的交通岗亭，白天有交警站岗指挥车辆，相当于人工红绿灯，夜晚交警下班，岗亭就成了摆设。回酒店的途中，走在盘曲的山路上，可以看到云雾缭绕的廷布山和山上高高耸立的释迦牟尼佛像。

清晨登上廷布山，晨光中的释迦牟尼佛像颔首微笑，俯视着山谷中的小城。在现代人眼中，不丹是片封闭的国土，物质匮乏，交通不便，至今有些地区仍以马、骡代步，但这里的国民幸福指数却位居全球前列，被喻为人间最后的伊甸园，它的幸福密码究竟在哪里？这真是令人好奇！

狗儿的岁月静好，天光日暖宜酣睡

首站到达的廷布只有七万人口，虽说是首都，但没有高楼大厦，没有星巴克麦当劳，没有霓虹闪烁。夜里出门，唯有喜马拉雅山脉上空的星光和月色，还有旷野中此起彼伏的狗吠声相伴，走在漆黑的山路上，似乎又回到童年的乡野，一切都未曾受过现代文明的污染。

廷布的野狗特别多，三三两两结群在街上溜达，大白天也有野狗躺在河边的老树下呼呼大睡，游客从旁经过也不欺生乱吠。清澈见底的溪流汩汩流过，鱼儿肉眼可见，却没有人溪边垂钓，因为这里禁止山溪捕捞。在这个佛教国家，老百姓喜素食，不杀生，境内没有屠宰场，餐桌上偶有肉类也是从邻国印度和尼泊尔进口。别说街上的野狗，溪中的鱼儿，就连蚊子、苍蝇也没人打没人抓。

喜马拉雅山脉的群峰阻隔了外面世界的喧嚣，踏入不丹境内，犹如来到一片纤尘不染的世外桃源，蔚蓝的天空，清澈的河流，白雪皑皑的山峰，郁郁葱葱的原始森林，都还是它们千百年前的样子。连山间的动物也怡然自得，白天我们在路上遇到一群野猴从树林里蹿下来玩耍，遇到人居然一点都不显惊慌。

佛光普照的廷布。在路上，见天地见众生见自己

廷布街上的行人不多，我们一早出门，碰到几个不丹姑娘和小伙在路边候车，他们是银行和公司的白领，男孩子穿着传统服饰帼，女孩子穿着琪拉，化着淡妆，手里拎着包，文质彬彬的样子。不丹推行全民义务教育，从小学到高中直至大学，学费全免。如果学业足够优秀，还可通过政府选拔公派往国外留学。我们的导游就是一名大学生，毕业后在旅游公司工作，他弟弟在国外读医科研究生。另外，不丹全民医疗免费，即便身居穷乡僻壤，也可享受医疗保障，不论大病小病。

廷布街头见到的不丹人都很悠闲，不用为教育和医疗支出发愁，大多数人的日子可以过得很轻松。如果能攒下点钱，不丹人喜欢用于购买汽车，或是装修房子。随着互联网的兴起，廷布的年轻人也开始使用电子产品，手机成了必备的通讯工具。晚上九点多，廷布的夜市仍然灯火通明，年轻人也有夜生活，他们喜欢到歌舞厅唱K。除了本国的宗卡语，不丹人的英语流利程度令人意外，不论是街头小贩还是高级饭店的服务员，都能讲一口流利英语，这是因为不丹推行英语普及教育，所有

喜马拉雅山脉流淌的清泉，不丹姑娘脸上荡漾的微笑

窗外春色浓几许

国民从小就开始学英语。还有人掌握多国语言，像我们的导游，会讲英文、中文、印度语、尼泊尔语，还喜欢唱欧美流行歌曲。

射箭是不丹男人的一大娱乐，上至王公贵族，下至平民百姓，人人都是射箭好手。我们路过一家射箭场，只见射箭手正手持弓箭在练习，挺拔的身姿十分帅气。很多城市和村庄每逢周末就会举行射箭比赛，比赛当天，选手们会穿上国服走上赛场，接受亲友的喝彩。除了射箭，射飞镖也是他们酷爱的运动，比赛结束，一大群人围着小小的靶心尽情欢呼，快乐与满足都写在了他们脸上。

田埂上遇见山泉般纯净的笑脸

清晨，朦胧中醒来，窗外传来鸭子嘎嘎划水的声音，循声寻至溪边，只见一股清流蜿蜒从屋后流过，隔岸的山峦一片迷蒙，空气中弥漫着久违了的稻草香味，那是岸上人家的炊烟。不丹故都普纳卡的一天，在寒意料峭的晨光中开始，这个不丹王室和高僧的避寒胜地，至今仍保存着农耕社会原始的自然生态，“暖暖远人村，依依墟里烟。”一千多年前陶渊明笔下描绘的田园风光，在不丹故都普纳卡依旧如是。

从首都廷布沿着盘曲的山路来到普纳卡，60公里路程花了两个多小时，汽车紧贴着耸立的峰峦行驶，车窗的另一侧是万丈深渊，有些路段狭小得只容一车通过。途中经过海拔3200米的都楚拉山口，在餐厅喝上热气腾腾的奶茶和吃上饼干，烤暖

起伏的峰峦，神秘的迷雾，雄奇的宗堡

远望喜马拉雅雪峰，连成一道白色的线

冻僵了的手脚，窗外，是喜马拉雅山脉白云盖顶的景观。而后继续赶路，来到海拔1250米的普纳卡。

普纳卡相当于不丹的热带，气候暖和，梯田连绵不断，土地肥沃。午饭吃上这里盛产的红稻米和高山蔬菜，吃得碗底朝天，一粒不剩。难得的是，吃饭的地方就在田间地头，窗外正对着层层梯田，可以看到鸟儿在电线杆上跳跃，像五线谱上的音符，还有穿着帼的农夫和他的牛在田间劳作。

不丹的农民，即便身处乡野，也是一脸安乐。一路上，看到荷锄而归的农夫，身后跟着女人和孩童，行行歇歇，十分悠闲的模样。大家的生活水准都差不多，除了衣食，并没有太多后顾之忧。70万人口的国家，实现医疗和教育免费并不难，因而不存在百姓因病致贫的问题。村民平时偶有小疾，可在村庄附近医治，得了比较麻烦的病症则可送往首都医院，甚至出国救治。尽管山道崎岖，但救护车可以通往国境内的每一个地方。旅途中遇到一位不丹导游，家里小孩生病，连夜从帕罗送往首都廷布诊治，他也向旅游公司请了假赶回去陪护。

曾经看过一段有趣的问答，有人好奇不丹为何不与其他国家建交，不丹人自己的说法是，不丹本身没有太多的外交事务，与外国建交必定要腾出土地建大使馆，除了大兴土木还要派驻工作人员，在他们看来实在是劳民伤财。比起发展国家外交，老百姓其实更关注如何舒心自在过日子。

在不少外国游客心目中，不丹是一生必游圣地之一，但不丹并没有出于经济的考虑向游客广开大门，他们推行“高价低量”政策，以保护境内的自然生态和传统文化免受外来冲击，境内唯一的国际机场帕罗机场每天的航班屈指可数，外国游客来不丹都得提前预订机位，而且每天最低消费限额是旺季250美元、淡季200美元，这笔费用的35%划入国家财政，用于补贴民生福利。水电出口是不丹的主要财政收入来源，位于喜马拉雅山麓东段南坡的不丹享有得天独厚的地理优势，有着其他国家无法比拟的水电再生能源。

这一路上，我接触到的不丹人对金钱好像都没什么具体的概念，像陪同我们游览不丹的导游，如果问他计划要一份年薪

笑容腼腆的不丹小姑娘（图 / 陈越　摄）

清晨，迎着第一缕阳光上学的少年

多少的工作，他肯定好一会都反应不过来，假如问他三年计划五年计划或是人生理想等更长远的问题，他也会摇摇头答不上来。对于他们而言，活在当下，专注于自己喜欢的人和事，就是人生最有意义的事情。

黄昏，落日西斜。行走于普纳卡纵横交错的梯田间，田埂上迎面走来穿着传统服饰的不丹男女，男人背上驮着娃，女人身上穿着鲜艳的琪拉，手里提着杂物，脸上的微笑就像喜马拉雅山下流淌的山泉一样纯净，他们顺着田间小道行进，刚刚从山上的佛塔为亲人祈福归来。

不丹全体民众信仰藏传佛教，佛家重视的慈悲与和谐，讲求的分享和布施，深深地刻在人们心底，也融入日常的生活。

不丹人没有姓氏，他们的名字是家族信仰的上师所取，比如我们的导游，他的名字就来自家族信仰的“切米拉康”喇嘛朱卡库拉（Kunley）。而每个家庭里必须有一位男人在一生中进行一次长时间修道，山上闭关冥想修行，最长三年三月三日不发一言。帕罗山的悬崖之上，有供修行者闭关冥想的小木屋，为方便山上的修道者，政府不惜花费大笔资金将电线拉上山顶。

我们来到不丹波河（父亲河）和莫河（母亲河）交汇的普纳卡宗，每当春季蓝花楹盛开之际，蓝紫色的小花掩映在城堡的白墙和红窗上，清澈的泉水从古老的木拱桥下流淌而过，美丽的画面令人过目不忘。古代的普纳卡宗曾是不丹统治者居住和举行受觐礼的场所，现在是法王的冬宫。普纳卡宗也是不丹王室婚礼庆典之地，年轻英俊的不丹五世国王旺楚克就在普纳卡宗迎娶了他的王后吉增•佩玛。我们到来时，不丹的法王正率领众僧侣在普纳卡宗祈福，诵经之声在宗堡里回响。生活在这片群山环抱的神秘国土上，物质虽不富足，但众人的心灵都有可安放之处，这就是独特的不丹幸福感……

两河交汇之处，是不丹佛教圣地普纳卡宗

小王子
降生的吉日
首登虎穴寺

一大早，窗外的鸟儿啁啾，我们在酒店喝着热气腾腾的奶茶和吃着点心，为帕罗山3000米悬崖之上的虎穴寺之行储备能量。这时，导游Kinley兴冲冲地赶来，面露喜色地说："现在宣布一个重要消息，我们不丹王国的第六世国王降生了，电视上刚刚播了新闻。"Kinley脸上的喜气感染了我们，第一次踏上不丹这块圣地，刚巧就遇上小王子降生这一举国欢腾的盛事，想来也算是不小的缘分。正好这一天我们安排了前往佛教圣地不丹虎穴寺祈福的行程，好事都凑在一起了。事后我们还得知，因为小王子降生，当天不丹的移动电话一律免话费任打。

虎穴寺是不丹的标志，被称为世界十大超级寺庙之一，远远望去，像画卷般壮观瑰丽的建筑群高悬于3000米山崖的峭壁之上，十分险峻。我们从海拔2000米的帕罗山脚下出发，沿着迂回曲折的山路，需攀爬两个多小时才可以到达，而且沿途足迹所至之处都是土道泥路，所消耗的体能可想而知。幸而中途有当地人备的马匹供游客代步，但也只有1/3路程，其余的山路都要靠自己一步步爬上去，返程下山的两个多小时则要完全靠自己的双腿。在马儿代步的一个小时路程中，负重前行的马匹也喘着粗气，中途需要停歇饮水，山道崎岖连马匹都步履艰难，摇摇欲坠，十分艰辛的一次跋涉。

画中的虎穴寺雪景，天地一片肃杀，独其傲然屹立

经幡翻飞，带着人世间最美好的祈盼

一路上，很多人都是徒步攀爬而上，选择以马代步的人寥寥无几。导游说，对于他们不丹人而言，只有徒步攀登，历经艰难到达虎穴寺才能表达对佛祖最大的虔诚。相传，将佛法传入不丹的第一人——莲花生大士化身为忿怒尊，骑在一只母虎的背上降临“虎穴”降妖伏魔，并在山中洞穴禅修三月，教化了帕罗山谷的众苍生。十七世纪，后人在莲花生大士禅修的3000米山崖洞穴之处，修建了虎穴寺，成为了世界著名的佛教圣地。

虎穴寺历史上曾遭遇一次重大火险，几近损毁。现在我们看到的虎穴寺为1998年重建。为了复建这座佛教徒心目中的圣殿，帕罗全民出动，所需的木材和石料全部由人力徒步搬运上山，帕罗每一户家庭都派出了一位壮年劳力参与其中。导游

Kinley的父亲被分派去扛运木材上山，全程徒步攀爬，一趟来回就要四五个小时。木工、画工们顶着严寒在3000米悬崖之上精雕细刻，为了精神信仰日夜劳作，不知疲倦为何物，历尽千辛万苦，终于复建了这件稀世的建筑杰作。

当我们一行喘着粗气，三步一歇地行进在陡峭的山道上时，对虎穴寺建造者当年的艰辛有了更深刻的体会。好在一路上有美景相随，山上遍布喜马拉雅的雪松林，树梢垂下丝丝缕缕的云雾草绿意盈盈，沿途鸟儿叽喳流水潺潺，俯瞰山下，帕罗山谷里的村庄和人家就像一幅山水画卷展现在眼前。经历了两个多小时的跋山涉水，筋疲力尽之际，终于到达了虎穴寺。

山道迢迢无尽，正如漫漫人生

心中圣地，近在眼前

虎穴寺依山而建，寺内的殿堂高低错落，层层叠叠，游客须脱去鞋履顺着陡峭的石级攀缘而上，穿过狭窄的山道方能入内。虎穴寺重建之后曾经严禁游客进入，近年才允许部分开放，但随身携带的摄影装备和手机等电子产品都得寄放于寺外，不得带入这片圣地。由于山势陡峭，虎穴寺内的殿堂都不大，殿堂内的墙上有很多类似唐卡的精美壁画，可惜不能入镜，幸而都看在眼里，记在心上了。

在虎穴寺的殿堂内，木质的地板磨得光滑，那上面有虔诚的信徒经年累月长跪于佛祖跟前祷告时留下的印记。我们也学着当地人的样子跪倒在地，对着莲花生大士的佛像行礼。传说这座佛像在不丹著名的普纳卡宗建造完成时，曾开口说话，称他不属于普纳卡，应当送往虎穴寺，而在虎穴寺大火中，唯独这尊佛像得以完好地保存下来。虎穴寺四周，零星的小屋孤悬于山顶深嵌在石缝中，那是僧侣闭关禅修之处。

我们来到虎穴寺时，也幸运地见证了虎穴寺高僧为刚诞生的未来六世国王祈福的盛事，只见殿堂之上酥油灯星星点点，高山悬崖之上的虎穴寺香烟弥漫，诵经之声在殿堂之内回响，经久不息……

山顶孤悬小屋，僧侣的禅修清净地

不受婚书约束的婚姻 合则聚不合则散

皑皑雪山，一览无遗

不丹的最后一天，从帕罗离开。

旅途的第一天，我们乘坐的Durk Air的飞机也是从这里降落。空中俯瞰喜马拉雅山麓雪峰皑皑的景观，感受飞机在峰谷中穿云透雾带来的心跳，当山间稀落的农舍和层叠的梯田似乎伸手可握时，飞机很快降落在帕罗机场，我们也由此开始踏足不丹这片神秘的土地。

不丹境内的机场，只有帕罗开通了国际航线，小小的机场内停着数架绘有“雷龙”图案的空客飞机。帕罗机场据称是全球十大危险系数最高的机场之一，机场坐落在海拔5500米山峰环抱的帕罗河谷地带，不丹多高山少平地，帕罗机场形似口袋，飞机只能在目视飞行的情况下、且必须在日间降落。相关资料称，全球只有8名飞行员被认可具备在帕罗机场降落的资格。

不丹航空Durk Air目前只与泰国、印度、尼泊尔、孟加拉和新加坡少数几个国家通航，且航班与机位有限，但这并没有阻止有心人从世界各个角落辗转多国，来到这片与世隔绝的土地。帕罗的一天，参观了不丹国家博物馆，登了虎穴寺，远眺了雪峰，导游问我们，在不丹的最后一天，还有什么地方想去的。我想了一会跟他说，去帕罗的农家吧。我们去的民居位于旷野之中，周围是一片水稻田，因为过了收割的季节，翻好的

在不丹，打开一道寓意幸福与吉祥的门

不丹人的家，简单又温馨

地，要等雨水灌溉后，来年春天再插秧。农闲时节，男人都跑外面揽活去了，女主人也似乎去串门了，家里只有老人和小孩。

农家的庭院没有拴门，农具散落一地，我们径直走进去，里面很安静，连狗都没有吠一声。我们几个爬上木梯，来到顶楼。一名穿着琪拉的老妇人正坐在屋顶埋头掰干辣椒，见有生客头也不抬，手里的活没停，只是扯开嗓门喊了几声，女主人便应声出现了。

不丹民居的一楼不住人，一般都是牛栏牛圈。主人将耕作一天的牛喂饱后，赶进铺着干草丛的圈里。牛圈顶上正对着二楼主人家的卧房，寒冷的夜里，楼下牲畜的体温可透过木质地板烘暖二楼的住家。不丹的农家在二楼都设有宽敞的禅修室，供奉着佛像，点着酥油灯，供主人禅修之用。会客间是一家人围聚吃饭聊天的地方，中间是必备的取暖炉，燃着红红的柴火，上面摆着导热的石头，磨得光滑。

在屋后，还有用木板隔成的淋浴间，每间小木屋里都有一个木质浴缸，这是不丹人洗石头浴的地方。用柴火将石头燃得通红，来加热浸泡的水，再加上采摘自喜马拉雅山脉的草药，就是不丹著名的石头浴了。

这一家的女主人是一位有两个孩子的母亲，身材有点儿发福。架子上摆着她读大学时与不丹国王的合影，照片中的她眉眼分明，脸上化着妆，穿着颜色鲜艳的琪拉，年轻时显然是个十足的不丹美女。另外一张照片是她在一次聚会上，与不丹电影明星的合影，十分青春靓丽。

女主人端来酥油茶招待我们，还有一种像烤米一样的点心，带着咸香的味道。透过农家彩绘的窗棂，看到窗外西斜的日影，将空旷的农田染成一片金黄。我们坐在一起聊着天，直到远处的山峦隐于天际，晕成了淡墨色，才起身告辞。

不丹人的家，窗明几净

女主人（左二）与朋友的合影

不丹人重视亲情，喜欢群居，兄弟姐妹各自成家后也喜欢住在附近，以方便彼此照顾。不丹人的婚姻，没有一纸婚约，不太受约束，合则聚，不合则散。因为地缘和游牧民族的独特文化，这里自古以来便是一夫多妻和一妻多夫制，像不丹老国王那样娶了四姐妹的情况在民间也不少见。而女人在取得第一个丈夫同意的前提下，也可以拥有第二个丈夫。导游告诉我们，他的外婆就有两个丈夫，大家住在同一屋檐下，一辈子相安无事。不丹人离婚也没有什么烦琐的手续，一方搬走就算结束，通常孩子都会跟着母亲。

在不丹，女人一样能当家，她们很小的时候就开始学习耕种、牧牛、砍柴、酿酒、编织等多种生存技能，有些地区甚至规定家族财产由女儿继承，有了一定的经济保障和独立生存能力，不丹的女人自然就不会勉强自己过不幸福的婚姻生活。

当然，不丹历史上的这种一夫多妻和一妻多夫制，随着时代的发展也在发生变化。政府多年前已废除一妻多夫制，新出台的婚姻制度也在倡导一夫一妻制，现任五世国王旺楚克带头移风易俗，并向公众承诺，他只会娶一任王后。在不丹民间，很多年轻人愿意接受“愿得一心人，白首不相离”的婚恋模式。我们打趣地问导游，准备娶几个老婆，他也说愿意只和一个姑娘结婚，而且要心灵美的，而不仅仅是长得漂亮。我相信，这代表着大部分新一代不丹人的婚姻观和择偶观。

在不丹的最后一天，有些依依不舍。没有想到，我们还能在这偏僻之地打了一顿丰盛的火锅宴，用了大家在中国最喜欢吃的枸杞做汤底，还有手打的肉丸，高山的蔬菜，鲜美的菌类。真不知道筹备的人为此要花多少功夫。

不丹特色火锅宴的味道，留在味蕾上的记忆，还有不丹人的淳朴温和，此生恐是难以忘记了！

不丹人重视亲情，尊重传统

再/度/相/逢

感受不丹非一般的幸福

在不丹的夜晚睡得特别香，犹如回到孩提时代的乡村生活，简朴清静又不乏暖意，最重要的是人心都没有太多挂碍。

在不丹穿越
一天之内经历
风雪雨雹雷电

数月之后，又再度造访不丹，这次我们的行迹来到游人罕至的中部腹地。

从首都廷布往不丹东部行进，穿过海拔3200米的都楚拉山口，天气晴朗的时候，可以坐在观景餐厅里边喝咖啡边欣赏窗外喜马拉雅山脉的雪峰胜景，其中包括海拔7158米的马萨岗峰，还有不丹最高峰——海拔7570米的岗卡彭森峰。

人类已征服过世界最高峰珠穆朗玛峰，还有地球上所有海拔8000米以上的高峰，但岗卡彭森峰仍是一座处女峰，至今无人成功登顶，其中一大原因是不丹自2003年起对所有山峰实行禁攀，包括位于边境的岗卡彭森峰，据说是出于宗教禁忌，因其是不丹人心中的圣山，神的住所，不可以冒犯。在大自然面前，保持一点敬畏之心，也是必须的。

都楚拉山口，是每位入境不丹的游客必经之站。旅途中短

雪域圣山，传说中那是神的住所

暂的歇脚，看到不丹最为壮丽的雪峰，与来程时在飞机上俯瞰的雪山胜景又有不同，巍然屹立的山峰连在一起，远望犹如雪白的巨龙穿行于云端。在不丹境内旅游，感觉每天都在不停地上上下下，因为整个不丹的地形地貌就像一个巨大陡峭的楼梯，上午从位于温带的首都廷布出发，还未及午饭时分，已经来到位于亚高山带的都楚拉山口，气温骤降，有些人会因为海拔变化而略感不适。不过，不用担心，我们没有再往高山行，很快又要返回低海拔处了。

再往下走，是不丹王室和高僧的避寒胜地，海拔1250米的旧都普纳卡。普纳卡以盛产高山水稻闻名，淳美的田园风光让人顿觉神清气爽，这里有着与首都廷布不一样的景致，可以选

不丹的山水，不似他处磅礴，却有灵秀之气

田间劳作的农夫，也能自得其乐

择一段短途的乡间徒步，穿越森林、草甸和村庄，沿途参观佛寺。我们从一道悬索桥上经过，走过一片稻田，花上一小时登上不丹唯一一座全部供奉护法神的佛塔——卡姆沙耶纳耶纪念塔，在塔顶俯瞰普纳卡山谷的梯田美景。

我曾分别在冬天和春天两次登上这处制高点，欣赏普纳卡在不同季节里不一样的美。冬天的普纳卡一片静谧，光秃秃的田里堆着草垛，空旷不见人影，唯有发呆的老牛和吱喳的小鸟。春天的普纳卡生机盎然，远处高山融化的雪水汩汩注入母亲河，潺潺溪水流经绿色的梯田，奔向远方。山间遇见的农夫，头戴山草和野花扎成的草帽，脸上带笑，看样子准是忙完农活准备回家去了。

春天的不丹江河水满，坐上橡皮小筏沿着母亲河顺流而下，沿途经过村庄、校舍和佛寺。母亲河两岸春花灿烂，绿意葱郁，当地人在岸边席地而坐，面对远山和溪涧在草地上野餐，有人饭毕躺在草地上假寐，摆在地上的录音机传出富有节奏感的不丹流行音乐，我们荡起的小筏漂出好远，耳畔仍然歌声缭绕。大约一个小时，漂流的小舟从一道古老的木拱桥下穿过，前方就是不丹最美宗堡之一的普纳卡宗。

暧暧远人村，依依墟里烟

从普纳卡沿不丹境内唯一的东西公路前行，过了旺杜波德朗宗堡，往山上走，前面就是黑颈鹤冬天的栖息地、海拔3000米的富毕卡山谷。如果继续往上行，翻过海拔3300米的黑山，山的那边就是不丹王室的发家地通萨宗，第一位世袭国王乌颜•旺楚克曾是此处的首领。过了通萨宗，前面有一段路，七拐八弯，紧贴着悬崖，颇为跋涉，再往前方行进六七十公里，翻过海拔3400米的山口，便来到了不丹最美的中部腹地布姆唐山谷。

入境不丹之后，有时一天会来回穿越几个不同的气候地带，从亚热带到温带，再到副高寒地区，感受四时天气的瞬息变幻。四月，是不丹雨季来临前的最佳旅游季节，但天气也开始不太稳定。我们从岗提一路前往中部布姆唐，一日之间竟遭遇风、雨、雷、电、冰雹、小雪多种天气。不过之后老天爷很快又启动风和日丽模式，完全是想游客所想，急游客所急。

夜宿普纳卡，从餐厅吃完饭散步户外看星星，却发现远处山峦冒出浓烟，刚开始只是一星半点的火苗，至入夜已烧成一道火龙。或许是山高路远人迹罕至，救火不易。不见有当地人报火警，也没有呼啸而至的救火车或是空中灭火的直升机。看着愈烧愈烈的山火，当晚入睡前还止不住地担心。谁料半夜豪雨如注，一直下到清晨才停。隔天一早推窗一看，昨晚的山火不知何时已被大雨浇灭。跟不丹人聊起这事，他们却当作稀松平常，笑称这是菩萨雨，是菩萨帮忙灭的山火。

人在不丹，除了适应这里的天气变幻，还要时不时地在古代与现代生活模式之间切换。比如说，前一天还在首都廷布的餐厅里，一边品尝厨师精心烹制的烤鱼，一边听着粤语经典金曲，一边用手机拍照晒朋友圈。而后一天，便住进了黑颈鹤的栖息地、不丹岗提的森林深处，断绝与外界的一切联系，像古人一样学习如何用木屑生火取暖。

夜宿岗提，酒店仿照不丹人家的设置，每个房间里都有一个烧着柴火的暖炉，当地人在冬天喜欢一家子围在火炉边吃饭聊天，这种传统的生活方式至今仍然保留。火柴、木屑、跳跃的火苗和噼啪作响的柴火声，还有烧得通红的火炉，我们这些外来游客多少年都没有亲近过，虽说没有现代的电热器方便，却让人感觉心里特别温暖。

当天夜里发生一段小插曲，火炉因为塞进太多木柴导致火道堵塞，整个房间烟雾弥漫，半夜被呛醒的我手忙脚乱地开窗开门通风，不知如何是好。幸亏同行的旅伴小时候在外婆家烧过这种炉子，依照指导通了火道，又添了新的柴火，检视了一番，方才安心继续入睡。

也不知道这一炉柴火何时已燃成灰烬，只记得当晚睡得特别香，犹如回到孩提时代的乡村生活，简朴清静又不乏暖意，最重要的是人心都没有太多挂碍。

鸟儿在吟唱 来自大自然的 早安问候

从不丹回来半个月，好友琴给我打来电话，说特别想念在不丹清晨听到的鸟儿歌唱。

不丹的鸟儿真的会唱歌，我俩都听到了。一次是在中部的富毕卡山谷，另一次是在布姆唐，大约是清晨5点多，天还没亮，迷迷糊糊中就听到屋外小鸟的吟唱，不是嘈杂的叽叽喳喳声，真的唱成了一段小曲，持续了好几分钟，高低错落，声音嘹亮又动人。

布姆唐的那个清晨，似乎是两只鸟儿在对唱，一曲未了，一曲又响，我们虽然听不懂鸟语，但仍感受到了鸟儿迎接新一天的欢欣和雀跃。

写下这段文字时，我家书房的窗台也隐约传来了鸟鸣声，细听之下也很悦耳动人。心想，为何以往从未留意到，总是抱

没有豪华旋转木马的童年，一样的欢乐

心中若有桃花源，何处不是云水间

怨两耳充塞的都是城市的噪音？佛家说，心里有什么，看到的就是什么。浮躁的心，听到的，看到的，自然是各种烦扰。

不丹这个世外桃源，有一种能让人安静下来的力量。不仅仅是我，好几个热爱不丹的旅友都有同感。

钱锺书先生说过，洗一个澡，看一朵花，吃一顿饭，假使你觉得快活，并非全为澡洗得干净，花开得好，或者菜合你口味，主要因为你心上没有挂碍。这大概能解释，为何我和琴对不丹清晨鸟儿的吟唱一直念念不忘，大约彼时彼地，我们的心上都没有挂碍。

在不丹的好几个清晨，听着鸟儿的吟唱醒来，我喜欢独自漫步在晨光铺洒的村道与田埂上，在旷野中嗅着空气里泥土和稻草的芳香，感觉钝化的听觉全被唤醒，鸟儿婉转的鸣叫，早起狗儿的蹦跶，溪水淙淙的流淌，半山寺庙的钟声，甚至泥土松动的声音，都可以听见。万物有灵且美，这是不丹一天的开始。

我相信，不丹人的幸福感很大部分源于大自然的滋养，从不过分索取，互相关爱，彼此珍惜。在我们乘坐的飞机准备降落时，从空中俯瞰不丹，这里的山川、河谷，和点缀其间的藏式房屋，像童话世界般美丽，没有因开山采石而留下的残缺山貌。不丹百姓修建房屋所需的木材取自喜马拉雅山麓的林木，但砍一棵要补种十棵。五世国王旺楚克和王后佩玛的爱情结晶小王子诞生满月，王室没有举行奢华的盛宴，而是在全国境内栽下十万八千棵树苗，为小王子祈福，环保的理念自上而下，深入人心。

富毕卡山谷是不丹境内黑山的一个冰川峡谷，形似碗状，布满溪流和湿地，每年有近四百只濒临灭绝的黑颈鹤从青藏高原飞临此地，寻觅最佳栖息处筑巢交配产子，来年开春才离开。这些黑颈鹤像下凡仙鸟般受到礼遇，不丹人把它们称为“天堂的鸟儿”。因为黑颈鹤的到来被视为幸福来敲门，每到冬季他们就开始热切地期盼。

我们此行也特意花了一整天时间，从故都普纳卡，途经旺杜波德朗，抵达富毕卡山谷。因道路尚未完全打通，一路泥尘滚滚，冷不防还会遇上跌落的山石挡道，但仍有人无惧路途艰辛，

植被丰茂的腹地，是黑颈鹤繁衍生息的温床

用了整整一天时间，驾摩托车从首都廷布飞驰进入富毕卡山谷。我们在路上遇到好几位骑士，满脸征尘，面目几不可辨。

到达时天已黑，山谷里寂静一片，唯见一轮圆月高挂。导游示意我们屏息静听，黑黝黝的松林山涧里传来黑颈鹤的叫声。为避免黑颈鹤受到伤害和侵扰，山谷里禁止拉设电线，大部分基础设施都埋在地下，为此政府花了比平时多三倍的投资。

我们离开富毕卡山谷的第二天，是一年一度的黑颈鹤节，当地人流行将黑颈鹤元素编入歌曲和舞蹈，在节庆期间表演。当地流传，每年黑颈鹤造访富毕卡山谷时，会在神圣的岗提寺上空绕飞三周，离开时也会结群绕飞，然后飞离喜马拉雅山脉，返回青藏高原。尽管没能亲眼看到这动人的一幕，但我相信这是真实存在的。“月明星稀，乌鹊南飞，绕树三匝……”鸟儿也是生灵，它也怀有报恩之心。这与我们平时听说的某些

家在青山绿水间，多少人的向往

走在开满鲜花的乡村小路上

地方每逢迁徙季就张设电网捕猎候鸟的恶劣行径，简直是天差地别。

不丹人信奉佛教，他们不杀生，小溪里的鱼儿不能捞，连蚊子和苍蝇都不会打。大自然的一草一木甚至一滴雨露，在他们眼里都是上天的恩赐。每年冬天下第一场雪时，不丹全民放假，再忙的人也会放下手头的工作，与亲人团聚在一起，烤着炉火看窗外飘雪。而每年的雨季也有传统的雨节，不丹人会收集雨水，感恩自然的赐予。

我们首站到达的帕罗机场位于帕罗河谷低处，周围群山环绕，被列为世界上最危险的十大机场之一。曾有游客不解地问当地人，为何不把周围的山峰炸成平地，方便飞机起降。当地人听闻此言面露惊讶之色，这山上的一木一石虽然不会说话，但它们都是生命，怎可为了人类的一己之私而毁灭其他生灵。

这就是不丹，街头随便一个普通的百姓，说起人与大自然的相处，都有很朴素却又很有见地的看法。或许有人会笑话他们闭塞落后，跟不上时代的变化，但这种天然和质朴，却是我喜欢不丹的理由之一。

山谷停电夜 烛光晚餐品尝 国菜辣椒芝士

一碗香喷喷的荞麦面，足以拂去一天的劳顿

从不丹西部进入中部布姆唐，有两种方法，一是从帕罗机场坐小飞机，半个小时便可到达。虽方便快捷，却错过沿途一路风光。另一种方法是花一整天时间，驾车沿修建中的盘山泥路进入，抬头可看崇山峻岭，俯身可望峡谷深渊，路上遍布深坑泥潭，偶有山石跌落挡道，太阳落山之后，山道漆黑一团，前无村落后无人家，可谓“步步惊心”。

不丹最美的风景在路上。虽然路途险阻，我们依然选择了车行。我们的坐骑是一辆日产丰田车，在不丹已是很高的配置了。不丹境内开通公路也就这四五十年的事，但修建的速度很慢，至目前，中部山路尚未完全打通。以前百姓出门靠驴和马代步，很多人一辈子就生活在自己的土地上，一方天地，自耕自种，穿着自己编织的传统服饰，虽不富有，却也自在。

路过的通萨宗堡，是不丹西部与东部之间的唯一通道，宗堡建于16世纪，为不丹第一任国王夏宗•阿旺朗杰的曾祖父下令建造，不丹的第一任国王和第二任国王都曾在此统治全国，如今不丹王室仍沿袭王储即位前担任通萨佩罗的传统。

通萨宗堡居于高处，俯瞰着芒德曲河，远处是白云掩映的群山，脚下是流水叮咚的蜿蜒小溪，门前一树樱花迎风绽放，淡粉色的花瓣映衬着宗堡的白墙和藏式木雕花窗，无论从哪个角度看，都像一幅未经修饰的天然画卷。

我们的汽车从通萨宗堡上方的公路绕过，宗堡的景色尽收眼底，穿着帼和琪拉的男女款款穿行于青山绿水之间，扑面而来的清新与恬淡气息令来自喧嚣都市的我油然生出一种莫名的感动。

雄踞山岭的通萨宗堡，远处是白云悠悠

樱花的绽放，因为短暂，所以美丽

来到不丹，总让我恍惚觉得，每个人的心上是不是还留存有久远的记忆，走过千山万水之后，依然眷恋的还是最初的家园。而不丹，正是我心中理想家园的样子。简单，纯粹，温暖而又美好。

我们在晨曦中出发，沿着盘山泥路行进，穿越正午的烈日，穿越薄暮黄昏，直至夜色降临。汽车摸黑前行，终于抵达前方我们今晚歇脚的山谷，眼前却是漆黑一片，只听见耳畔传来山涧流淌的声音和此起彼伏的狗吠，几个穿着琪拉的女孩举着烛火开了门，帮我们卸下行李。原来，我们碰上了山谷的停电之夜。

在不丹中部，供电不正常是惯有的事。停电，意味着没有暖气，没有照明，没有热水澡，这对于来自山外，享惯物质文明的我们，自然是千百个不习惯。不过，既然来到不丹，就学着不丹人随遇而安，这样，快乐才会多一点。

山里的夜晚有点冷，我们围坐在柴火烧得通红的暖炉边，边烤暖冰冷的手脚，边聊着一天旅途的见闻。不丹人的家里，都有这么一个暖炉，冬天既可以取暖，又可以当炉灶烧水。炉膛里的柴火烧得噼扑作响，顶上的热水锅咕咕地冒着热气，还有一屋子热闹的亲人，在大冬天里，很暖人心。

夜里在山谷的小客栈里享用烛光晚餐，高山新稻做成的米饭，有机蔬菜，辣椒芝士，拌着香油和辣椒的荞麦面，山里人最好的食物都端了出来，用柴火温得暖暖的，就着跳动的烛火享用着。

导游和司机劳累了一天，坐下来有滋有味地吃着手抓饭，看着他们把米饭和辣椒用手捏成小团往嘴里送，似乎特别地香。在一些场合，他们还会在饭前将几小团米饭撒向空中以敬神明。

不丹人以米饭、小麦、土豆为主食，嗜食辛辣，喜素食，菜肴喜欢放奶酪。辣椒奶酪（Ema Datsi）是不丹的国菜，拌在

宗堡墙外，繁花兀自绽放，也兀自凋零

绵软有黏性的高山有机米饭里，让人胃口大开，特别地过瘾，餐毕每人再来一杯本土酿造的低度青稞酒，酒足饭饱之后，心满意足地回房休息。

没有电，没有WiFi，没有其他娱乐，百无聊赖，只能在烛光下静心看书，读到的是不丹活佛宗萨蒋扬钦哲仁波切讲如何禅定的一段。此时此景，再契合不过。这位身居不丹的仁波切曾编导过两部佛教主题电影《高山上的世界杯》和《旅行者与魔法师》，在世界各地影展获奖无数，影评人称他的电影犹如一股清流，蕴含惊人的能量和丰富的人文精神。

入夜之后，躺在暖暖的被窝里，却久久没能入眠。窗外的犬吠声几乎整夜没有停过，听着它们呼朋唤友的叫声，忽远忽近，时高时低，伴着成犬幼犬轻重有别的脚步声，好不热闹，直至凌晨三四点时分，才渐次散去。

山村之夜，烛火跳动

超级月亮之夜
裸体男子
戴着面具起舞

大鼻子小丑“阿嚓啦”上场

经过一天的颠簸，我们进入中部重镇布姆唐，不丹王后吉增·佩玛的故乡，才刚刚下午五点多钟，抬头已见一轮淡淡的圆月，挂在半山腰。

来到不丹这个世外桃源，内心容易变得安静，似乎特别能感受到天上的斗转星移，以及大自然的一呼一吸。没有了都市的霓虹，没有了酒楼食肆的喧哗，生活好像回到了多个世纪前，甚至是远古时代的家园。生活在繁华都市里的我们，常常感叹快乐越来越少，却已经忘记，从前的人们可以简单地为日出日落而感动落泪。

山谷里的夜晚转眼变得漆黑，星星点点的灯火散落在黑黝黝的山坳里，像天上跌落凡间的小星星，向我们眨着眼睛。我们入住的地方位于布姆唐半山的位置，可以俯瞰月色下的山谷。只见挂于半空的一轮明月大如银盆，皎洁的月色照亮了虫声唧唧的田间，也映照在藏式民居的屋檐上，时而露脸，时而

不丹传统的节庆，小孩子们的欢乐时光

半隐于云层中。我们走，她也跟着我们走。当晚刚好遇上21世纪月亮距离地球最近的一次满月，在不丹中部布姆唐，这片古老而又神秘的地方，我们就这样与本世纪最大最圆的超级月亮不期而遇。

布姆唐（Bumthang）这个名字源自生活于此地的倾城女子，巧合的是，美丽的不丹王后吉增•佩玛就出生于此地。在布姆唐的超级月亮之夜，我们要赴一场重要的约会。不丹最古老的佛庙之一，具有1500年历史的简培寺举行冬季戒楚节，在接下来的三天三夜里，当地人将不眠不休地上演各种传统的不丹面具舞。

相传在公元659年，西藏王松赞干布为封印魔女，在她的身体上建了108座降魔佛庙，其中有一座建在魔女左膝盖上，这座佛庙就是简培寺。从我们住的地方到达简培寺，大约二十公里山路，一路上坑坑洼洼，窄小的山道挤满了行人和车辆，很多山民携老扶幼摸黑步行，我们的汽车像蜗牛般在土路上爬行，将近一个小时才抵达目的地。

戒楚节很像我儿时在乡村看社戏，最热闹最精彩的反而是在台下。戏未上演，简培寺前面的空地，已经里三层外三层围满了人，连周围建筑的屋顶都被占领。我们翻上屋顶，好不容易在墙头上找到了落脚的位置。

扩音筒里的男声，一直用宗卡语不停地说些什么，意思是让大家系紧鞋带防止踩踏。等了好久，广场上响起不丹乐器沉郁悠远的声音，几个戴着面具的法师举着熊熊火把，领着身后的人龙开始走动，从村的这头到那头，然后来到旷野。这种叫“火动”的表演，在当地寓意为驱魔降妖，敢于走过火圈的人还可祛除身上业障。

我们也被人流裹挟着，随着“火动”前行，远远地看见田间跳跃的火苗，照亮了黑暗中的田野和人们的脸。表演的法师

布姆唐的超级月亮之夜，透着几分神秘

穿着袍服的面具舞师，不停地跳跃旋转

奋不顾身地往火海里冲，围观的山民发出阵阵惊叹，脸上满是兴奋。“火动”结束后，我们走进附近的村庄。为了这三天三夜的节庆，村民搭起了临时集市，卖各种吃的用的，好不热闹，学校为此放了三天假，让小孩子们回家帮忙。我们走进的一家，大锅里正咕咕地冒着热气，进来的人都舀一碗吃，感觉特别地香。主人家的小孩临时当起侍应生，给客人斟酒倒水。

午夜十二点，戒楚节的压轴戏裸体舞终于正式开场。裸体舞起源于布姆唐，很多家住西部的不丹人也无缘得见。相传莲花生大士曾预言这个舞蹈的出现，第一次裸体舞出现于14世纪，当时山里的寺院修建因为妖魔作祟而停工，一个法师发明了裸体舞，舞者用大胆的动作迷惑住了妖魔并将其降伏。寺院完工之日的祭礼上，裸体舞成为保留的表演节目。我们几个好不容易找到靠前的位置坐下，黑暗中，只见一队戴着面具的裸身男子跑进广场中心，在接近零度的月夜下起舞，他们风趣大胆的舞蹈动作是在表达两性之爱。在一个民风相对保守的古老佛国，看到这样开放的场面，真让人感觉不可思议，而我注意到，当时在场的观众，男女老幼都有，甚至有举家数口人同场观看，但大家看起来早已司空见惯。

在表演之前，扩音器里反复多次强调，为了尊重舞者，裸体舞现场禁止拍照，这一点要求非常重要，特别是对于外来的旅游者，如果被发现有人偷偷拍摄，后果一定很严重。所以我们都没有拍摄。

表演的男子与在场观众都是同条村的人，应该很容易从他们的身型就可判定裸者是谁，但他们并不会觉得有伤风化，几岁的小孩也和大人一起在场观看。他们觉得这是生命起源的过程，不必用有色眼光去看待，更不用大惊小怪。倒是我们这几个外来游客感到难为情，只看了不到十分钟就溜走了。

本世纪的超级月亮之夜，在神秘王国不丹的中部布姆唐，我们也是平生第一次看到这种奇特的舞蹈。当时自己尴尬的样子，至今回想起来仍忍不住发笑。

年轻的不丹女子且歌且舞

帕罗的春天戒楚节

春天的戒楚节 菩萨洒下 丝丝花雨

穿上鲜艳好看的琪拉去戒楚节

相比曼谷经停印度再飞不丹的周转，我更喜欢从尼泊尔加德满都直飞不丹帕罗的航线，不用一个小时的航程即可抵达，不丹皇家航空公司的空姐穿着色彩鲜艳的琪拉穿梭于机舱内，端来的饮料刚喝下，很快便感到飞机在下降，机长细心地提醒乘客观赏舷窗外喜马拉雅山脉诸峰高耸入云的胜景。假寐片刻，耳畔梵音响起，飞机已经来到帕罗河谷半空，那熟悉的山川河流，层层叠叠的梯田，还有飘着袅袅炊烟的村落又一次映入眼帘。

群山环抱的不丹，地势形似一个巨大而陡峭的楼梯，帕罗机场是深谷的唯一平地，狭小细长，2000米长的跑道，宽只有29米，飞机如游龙般在山峦之间自如穿梭，舷窗外机身紧贴着崖壁飞行，飘忽的山岚和林间的绿意触手可及。空中俯瞰，星星点点的不丹藏式民居散落在白云缭绕的半山，远处是美丽的宗堡、木桥、流水和行人，当这一大自然画卷越见清晰时，飞机已经稳稳地降落在帕罗机场上了。

位于喜马拉雅山脉东段南坡的“雷龙之国”不丹，又称竺域，竺即龙，不丹人相信雷鸣是龙的声音，天降甘霖是祥瑞之兆，尤其在春天帕罗戒楚节这样喜庆的日子里，如果遇上雨天，代表着菩萨天神赐予和加持的“花雨”，光着腿脚的面具舞师会在雨中不停歇地舞蹈，连续四天四夜。恰恰在我们抵达的那一天午后，帕罗的天空突然飘起丝丝春雨，滋润着大地。

一早飞抵不丹的我们，刚好赶上帕罗戒楚节最精彩的一幕，一路上看到好多不丹男女刚刚启程。通往帕罗广场的小径罕见地出现了小型堵车，但见行走于山野中的男女老少，身着华丽的国服琪拉和帼，女士化着妆，戴着珠宝首饰，足踩高跟凉鞋，肩上搭着手工编织着吉祥图案的披巾（Rachu）。以往传统的不丹妇女因为信奉佛教的关系，大多都剪短发，额前留着

春天戒楚节，色彩斑斓的帕罗广场

流传四百多年的神舞，再度在喜马拉雅山谷上演

刘海，如今年轻一代的女子时兴留长发，那颀长的身影配上及腰长发，像是从古装剧里走出来一样。而男子则在鲜艳的帼外面披着素色披巾（Kabney），或肩驮或抱或背着娃，一马当先地走在前头，尽显威武阳刚之气。

历史上的不丹人自西藏迁徙而来，Bhutan这个名字的由来，有一说是出自梵语Bhotant（意即西藏的末端），相传不丹佛教王国的创立者，被尊称为不丹国父的夏宗•阿旺朗杰从西藏来到不丹。今天的不丹人骨子里仍有游牧民族的剽悍和粗犷，又或世代受此地山川河谷的孕育，出落得比藏民更为清秀俊美，无论男女。

宗教节日历来是不丹人日历上最重要的事件，春天帕罗的戒楚节在不丹尤为闻名，东部的不丹百姓也会赶很久的山路来赴会。这个为纪念将佛法传入不丹的莲花生大士的盛典上，有着最为好看的面具剑舞，包括英雄之舞、雄鹿与猎人之舞、不丹琵琶舞、黑帽舞、贵族与女士之舞、鼓手舞蹈、愤怒神灵之舞、罗刹和死者审判之舞，以及莲师八相和宗教音乐。

在喜马拉雅山谷流传了四百多年的神舞，讲述的是圣人降伏恶魔的故事和重大历史事件。不丹人不分老少，都能从出场舞师所戴的面具，讲出其代表的意义，比如这个面具是莲师的忿怒尊，这个是人死后才能见到的罗刹。

作为一名外来游客，想在帕罗广场找到一个舒适的位置坐下来全程观赏表演，还真不是一件容易的事。这里一早就被本地人“占领”，广场上里三层外三层坐满了人，节日期间全国放假，很多家庭一早带好中午野餐的食物，准备好了全天候“作战”。我们刚下飞机，就加入了这场不丹人的全民狂欢，好不容易在靠前位置找了一个空隙坐下，突然冲过来一个戴着面具的舞师，手里拿着一根弯曲的敲鼓棍，往我头上猛敲了几下，敲得头皮一阵阵发疼。周围的人却嬉笑起来，原来被敲到的人都是幸运儿，都得到加持赐福了。

不丹的面具舞没有太多花哨奇巧的动作，舞师戴着狰狞的

观看一场面具舞，也是累积功德的过程

FRIENDS
OF
POLICE

舞者身着彩袍，连续旋转，似朵朵莲花绽放

面具，身穿华丽的绸缎衣服，赤足大踏步出场，伴随着悠远舒缓的音乐，在空旷之地跳跃翻转，一边甩着头一边跃至空中旋转。舞者不停地重复着这几个动作，一丝不苟，时间一长，在外人眼里未免略嫌单调，但当地人却是看得津津有味，因为他们相信，观看一场戒楚节的表演，带来的不仅仅是娱乐，更能累积今生功德祈求来世的转生。

在表演现场，有戴着红色面具长着大鼻子的小丑“阿嚓啦”活跃气氛，他们手里拿着一个木质阳具，不时挥舞着，开一些色情玩笑，甚至用它敲打现场观众的头顶以示祈福，被敲打者不仅不羞不怒，反而感觉很高兴。这一不丹的特别风俗，源自一位传奇的癫狂喇嘛竹巴衮列，象征他降伏邪魔的威力。

在我旁边的两个不丹小女孩，一边看着面具舞一边叽叽喳喳地跟我聊起天来，末了又将在手心里捏了好久的一颗青果子送给我，对于一位来自异国的陌生人，很自然地表达了她们的友善。中午，我们像很多不丹家庭一样，围坐在帕罗广场的空地上野餐，导游的妈妈亲手为我们准备了不丹特色家常菜，辣椒芝士、土豆芝士、木耳辣椒芝士和高山白米饭，再喝上一杯热乎乎的奶茶，旅途的劳累顿消。

在我们的周围，也有很多不丹人一家老少十来口人围坐在山坡上，一边聊着天儿一起吃着野餐，远望是喜马拉雅雪山盖顶，脚下溪水潺潺流过，老人在打盹，年轻的小美女开心地自拍，狗儿跳，娃儿无拘无束地撒欢，所有人都怡然自得，简单的生活透着无处不在的自在，这就是不丹人的日常。

遇上学生考试季 电影院都关门了

新上映的不丹电影海报

出发往不丹的路上，同伴苏苏就和我计划着有时间一定要去看一场不丹本土拍摄的电影。

在首都廷布的那天晚上，是不丹的全民歌唱比赛，相当于不丹的好声音，选手经过几个月的多轮淘汰赛后，剩下的种子选手当晚在首都廷布的钟楼广场上一决雌雄。导游一早就计划带我们到现场观赏，哪知不巧飞机晚点，从帕罗开车到廷布时间已晚，接风宴之后再赶至钟楼广场，歌唱大赛已接近尾声，只看到最后的颁奖仪式。而这时，电影的场更是赶不上了。

整个不丹只有寥寥几家电影院，西部帕罗就有一家。离开帕罗的前一晚，我们决定去电影院看电影，没有票务网购，没有订票APP，也不知道电影的内容，只能够亲自到售票窗去问个究竟。

好在帕罗地方小，不存在交通阻塞，一小会儿的功夫就来到电影院门口，却被告知电影停映。细问原因不禁让人哑然失笑，原来这几天正逢不丹中小学期末考，为防止学生分心，电影院索性关门，免得有学生不温功课偷偷跑出来看电影。

这样的电影停映理由，除了不丹，在全世界恐怕找不到第二个地方吧。不过，在不丹，大家都笑着表示理解。不用期末考试又想看电影的不丹人对此也没什么抱怨。

不丹的电影，虽然没能看到，但还是好奇，这个封闭的古老佛国，他们拍出的电影是什么样的呢？留下的悬念，只能待下次有机会再解读了。隔天登虎穴寺，半山偶遇一位不丹帅哥，年轻时就是一位演员，其实他现在也就三十来岁，只是高原日晒强人容易长得着急，可能过了拍青春偶像剧的黄金年龄，所以改行当了英文导游。

顺便了解了一下他们的文娱生活，原来不丹的电影院只上映本土拍摄的电影，题材以佛教、爱情为主，深受印度宝莱坞电影的影响，离不开英雄救美、载歌载舞的场景和情节。也有一些年轻人并不喜欢上电影院，就像我们的导游Kinley，他更喜欢观看不丹电视台偶尔播出的好莱坞电影，首都廷布也有一些比较前卫的年轻人，喜欢Hiphop和街舞。在这片封闭的国

晨曦初照的山道，结伴而行的学生

不丹的孩子从不吝啬他们的笑容

土，千百年来延续的传统也并非一成不变。

再说说因为期末考被禁看电影的不丹学生，其实他们的学习生活也没那么苦。相反，不丹中小学生的幸福指数相当高。不丹实行全民义务教育，从小学到高中直至大学，学费全免，如果学业优秀还可以由政府公派至国外留学。不丹目前的1900名公务员中，“海归”的比例超半，60%公务员都在国际名校进修过。

在不丹，听到一段话颇有意思：不丹不需要谷歌，因为每个人心里都有方向，知道自己从哪里来，往何处去。在这个古老佛国，虽然物质不富足，但每个人都有自己的精神信仰。尽管在世人眼中，这里贫穷落后，但每个出国留学的不丹人，还是愿意回到自己的家园。只有回到这里，他们心中才有方向；外面的世界很大很精彩，却让人不知道该往哪里去。

每到下午3点多，就能在不丹的村道上遇到放学的小孩，他们走走停停，并不着急回家赶作业。大部分课余时间他们都在帮大人做家务，或到田间玩射箭飞镖。有家长担心孩子学不到东西，暗地里要求老师增加作业量，但大人们的“诡计”往往

背对青山绿水的校舍和席地而读的学生

不会轻易“得逞”。

我们路过中部布姆唐的一间学校，只见学生一行行一列列，在冬日阳光下的草丛里正襟危坐，因为冬天室内寒冷，学校便安排他们在室外考试，学生们背对着青山绿水和宗堡，在草丛中盘腿而坐，在阳光下气定神闲地握笔答卷，这样的考试看起来有点像我们的学生郊游，一点都不紧张。令人羡慕的是，不丹的学生每年有两个月漫长的冬假，足以放飞身心，在大自然中探寻奥秘。

我们从普纳卡前往布姆唐的道路正在修建，一路尘土飞扬，过往游客无不掩鼻。途中两次偶遇在山间徒步的学生，远远见到我们的车辆，都会停住脚步，向我们行礼。看着他们在尘土中躬身行礼的小身影，倒让我们这些成年人有点汗颜了。

不丹孩子从小就要学会打坐、诵经，学习佛教的慈悲、和谐、智慧和布施。在这种宗教文化氛围下成长的孩子，很容易让人感受到他们的友善、有爱。

在廷布发生的一件事让我印象深刻。因为当晚的不丹好声音，钟楼广场的车有点多，我们的商务车找不到位置停车，一名车主见状，主动将他已停好的车从原有的位置退出来，把宽松的车位让给我们。因他开的是小型车，自己再另外在前方边角处找到小的停车位。看见他们脸上的表情，大约觉得这种主动让车位的举动，跟遇上陌生人说一声“嗨”一样平常。

导游告诉我们，在不丹，很少有人吵架，除了醉酒失态或是男女谈恋爱的猜忌。这些天我们在路上见到的不丹人，无论老人、小孩还是年轻人，都是和和气气，一脸“不丹式”微笑，宁静，恬淡，与世无争。

放学归来的女孩，发自内心的笑，一脸无邪

他/们/的/生/活

穷并开心快乐着

不丹虽然物质不富足，但普通人家的日子过得并不粗糙。相反，只要用心去发现，会看见无处不在的精致和美好。

一个19岁 不丹农家女孩 的衣橱

纤手引针线的不丹女子

首都廷布的街头，女孩子身穿国服琪拉，踩着高跟鞋，披着乌黑的长发，从山坡那头迈着小碎步，迎面走来。看着她们袅娜的身影，穿过手绘花窗的一幢幢藏式房子屋前，缓缓经过流水潺潺之上的古木桥，行走在蓝天丽日映照下的喜马拉雅山谷间，简直就是一幅会动的工笔画，而画中人和景，都自古代穿越而来。

不丹虽然物质不富足，但普通人家的日子过得并不粗糙。相反，只要用心去发现，会看见无处不在的精致和美好。先从房子说起吧，我们沿途所见，即便地处中部布姆唐的普通农家，住的也不是泥瓦土坯房。

不丹人的祖先自藏区迁徙而来，至今仍完好保留了很多藏式传统工艺。他们的房子一般是三层结构，底下是牛羊圈，二层和三层住人。木质结构的梁柱和窗棂，用天然原料细细地绘上图案花纹，红黄青的色块和线条，浓烈饱满的色泽，却丝毫不觉浮躁和俗艳，画工在宁静心境下一笔一画的描摹，看起来有一种说不出的淡然和出世。

不丹的房子都很小巧，除了首都廷布因人口增多，近年有新建的公寓外，普纳卡、帕罗、布姆唐等大多都是独幢的藏式房屋，错落有致地点缀在喜马拉雅山麓的青山绿水之间，连有行政功能的宗堡也是依山傍水而建，有精致巧妙之美，大自然才是永远的主角。走进不丹人的家里，每一间房子都有几扇木式花窗，人坐在屋内，可观日月星辰，远眺青山绿水。

不丹人家的屋里，木质的地板和木质的墙，都产自喜马拉雅山麓的天然原木，新建的房子有一股木头的香气，老房子的地板则磨得发亮，光着脚走在上面很舒服。不丹人家里都有一个佛堂，墙上绘着吉祥寓意的花卉图案，挂着精美的唐卡，点着酥油灯供着酥油花，是家里最清静最漂亮的地方。

窗外桃花烂漫开

小佛像铜锁和梅花钥匙

传统手工艺品在不丹人的生活里无处不在，装米饭的木碗，竹编的筐，手编的坐垫、毛毯，甚至连锁门的钥匙锁头，都是传统手制。在用惯了指纹锁和各种无比精密的电子锁多年之后，我们在不丹故都普纳卡的小客栈，居然领到一把雕有小佛像的精美手制铜锁和形如梅花的钥匙，那份捧在手心里沉甸甸的感觉，有一种说不出的美好。

现代生活的快节奏，工业产品的便利，让我们丢失了太多手工时代的温度和乐趣，不丹的与世隔绝，不丹的慢生活，恰恰让传统手工艺在这一方天地里得到保护。在廷布艺术大学，学生们可以用4—6年的时间免费学习不丹的十三项传统工艺，包括纺织、刺绣、泥塑、雕刻、绘画等等。

首都廷布，没有星巴克麦当劳，没有名牌店，没有LV、Gucci，没有香奈儿、迪奥，不丹最著名的品牌是他们的国服，男人身上的帼，女人身上的琪拉。在不丹，一个女孩子一生中究竟有多少套琪拉呢？导游Kinley出身于帕罗的普通人家，他妹妹刚满19岁，就已经拥有52套不同花色不同材质的琪拉。在不丹，女孩子出席正式场合，参加宗教庆典，结婚都要穿上最漂亮的琪拉。我和朋友们走访了导游的家，导游的妹妹向我们展示了她五彩缤纷的琪拉，在这个普通农家做客，我们获得的礼遇是每人试穿一套琪拉，在田间弯弓射箭，合影留念，好不开心。

琪拉是一块手工编织的长布，披在身上用银钩扎成长裙，长及足踝，内搭长袖衬衣，外加一件外套，出席正式场合还要披一条颜色鲜艳的喇秋（披肩）。在一些不丹家庭里，母亲很早就开始为家里的女儿准备嫁衣，她们用不同颜色的丝线设计出不同的图腾样式，一套琪拉需花上数月时间才能完工。

不丹中部的布姆唐，一些村落以编织条状花纹的羊毛织品闻名。她们用木制的老织布机，通过左右手操纵经线和纬线，看似简单，却能织出非常精美的对称图案，有些样式是家传，有些则是局限在某些地区相传。首都廷布的商店里，手工精细、图案独特的丝织琪拉每套都价值不菲，动辄几千上万人民币。

姑娘身穿琪拉，可爱温婉

不丹男人的帼也很有意思，一件格状条纹的长袍，长约及膝，腰间束着腰带，袖口外翻露出一大截白色里衬，导游说，这象征着他们纯洁的心。因为帼的左右襟在胸前交叉的设计，不丹男人身上都有一个大口袋。这可能是我见过最大的衣袋了，一路上看到导游像变魔术一样，将随身携带的手机、文件和其他物品统统放进口袋，腰间变得鼓鼓囊囊的样子，看起来非常有趣。

难以想象，在牛仔服、时尚服饰风行的今天，不丹仍保留着自己的古老服饰，而不丹的帼和琪拉看起来也确实很美很特别。羡慕至极的我，初到不丹的第一个夜晚，就迫不及待地赶到廷布灯火最亮的商店里，挑一身不丹姑娘的琪拉美美地穿上啦。

试穿国服的男子

三岁娃 也能无师自通的 射箭国术

考验真功夫的袖珍箭靶

正如乒乓球在中国是国球一样，射箭在不丹，也是国民级别的运动。上至国王下至农夫，每个男人都精通箭术，就连三岁娃也能弯弓射箭，无师自通。不过，与中国乒乓球横扫天下无敌手有所不同的是，不丹箭术在国际赛事上的战绩却不尽人意。

查了一份资料，不丹箭术的最好战绩出现在2004年雅典奥运会，当时参赛的两名弓箭手获世界排名32的成绩，其中一位是女子运动员，不丹的体育明星卓丹。有此一解，不丹弓箭手往往在酒后才能百发百中，使得他们在国际赛事上很吃亏，受限于禁酒赛规，他们很难发挥出自己的正常水平。

对于“禁酒输技”这种神解释，只能说信不信由你，但与世无争的不丹人不太在乎输赢倒是真的，他们更享受射箭比赛过程带来的快乐。一个不丹男人，只要给他送上一把上好的弓箭，那他肯定会开心好一阵子。农闲时节，他们喜欢三五成群

美丽的帕罗宗堡，经幡迎风飘扬

相约到山上举行射箭比赛，连续比个三四天也不觉得累。

曾到访不丹的英国威廉王子和凯特王妃，就在不丹王室成员的陪同下，体验了一把射箭，王妃弯弓射箭的飒爽英姿当场“谋杀”了无数菲林。即使作为一名普通游客，想在不丹体验国术射箭的乐趣也并不难。

在不丹，几乎每个城镇和村庄都有射箭场，而农闲时节的田间地头，就是天然的射箭场，随便敲开一户农家，都能找到弓箭和箭靶，让人过把瘾。而每户农家里的男人都是射箭好手，他们会很热情地手把手教导箭术，连教练费都可以省去了。

第一次去不丹，我们就去了帕罗的射箭场，在美丽的帕罗宗堡对面。沿着宗堡长长的阶梯拾级而下，这里是港星刘嘉玲和梁朝伟拍摄婚纱照的地方，穿过一弯拱形的古木桥，脚下泉水叮咚，杨柳依依的小径那头，就是射箭场。手挽长弓的不丹男子置身于风景如画的射箭场上，搭弓引箭，百步穿杨，围观的人不时发出欢呼。

不丹射箭场设置的规则比国际赛事难太多。进入射箭场，我这个大近视眼费了好半天才找到他们瞄准的小箭靶，在200米开外的地方，一小块白色的长方形木板随意地支在地上，靶心直径只有20厘米。也不知道他们是怎么瞄准的，弓箭嗖嗖嗖地一支支发过去，毫不费劲地射中了箭靶。而在奥运会的正式射箭赛场上，运动员与靶面的距离只有70米，而靶面宽达1.22米。

最近一次去不丹，两次在农家体验了射箭国术的乐趣，一次在中部城镇布姆唐的农家，一次在导游位于帕罗的家。射箭在不丹是一项老少同乐的家庭亲子运动，吃过中饭，导游和他哥哥还有爸爸，都跑到田里射箭去了。不丹的初冬时节，天依

田间射箭的男子，英姿勃发

射箭场上，巾帼不让须眉

旧很蓝，远山依然苍翠，穿着鲜艳琪拉的我们，在这悠悠天地之间搭弓引箭，瞬间有一种变身穿越剧女主，随时准备策马奔腾的感觉。

传统的不丹弓箭是一把看起来很纤细的竹弓，不过，像我这种手无缚鸡之力的人，想拉开这把简易竹弓还真不容易。难以想象，几百年前，由西藏迁徙而来的不丹人先祖，他们的部落首领就靠着这把竹弓，一箭射死老虎，从此在美丽的喜马拉雅山脚下定居。

在导游的指导下，我终于学会将弓拉成半月状，让箭离弦，可惜都半途折倒，离箭靶还有半截路程。最后一箭竟然“命中”，飞过箭靶不偏不倚射中了隔壁家的木栅栏，惹来了阵阵哄笑。导游的孩子只有三岁左右，先前还在撒娇要大人抱抱，这回见到大人们在射箭，也跟着来凑热闹，他拿的是一把小孩用的小弓箭，家里也有一个专门的小箭靶，别看这娃儿走路还不太稳当，但拿起弓箭的架势，比我们专业多了。

数百年前在不丹，能骑擅射是为了对付深山老林里的黑熊、雪豹、老虎、野猪等猛兽，但不丹人信仰藏传佛教之后，便不再杀生，射箭从必需的生存技能转变为全民参与的娱乐活动，每逢农闲时节，不丹的男人就会互相邀约一起进行射箭比赛，他们集中在农庄里同住，白天谈天说地，饮酒作乐，晚上围着篝火跳舞，有时比赛会持续一两个月时间。一个不丹男人假如不会射箭，意味着被孤立在社交圈之外，这对于注重邻里亲情的不丹人而言，是一件很可怕的事。

假如想见识一下不丹国王或其他王室成员的风采，到射箭场碰碰运气或许是一个不错的选择，因为不丹王室历来热爱体育，历代君主都有崇武的传统。现任五世国王旺楚克是位体育达人，他喜欢篮球、足球，经常在王宫内与父亲四世国王举行父子篮球赛，国术射箭对于他而言，更是小菜一碟，闭着眼睛都能开弓。

天作被地作床，真是舒服自在

自小的必修课
静坐冥想
和山地徒步

不丹的小学校园

不丹学生的校服在世界上也是独一无二，因为他们穿的都是不丹的国服。男生穿帼女生穿琪拉，袖珍版的民族服装，穿上之后像极了我们古装剧的小阿哥和小格格，可爱得不行。每天下午四点左右，村道上都是这些穿着国服的学生，三三两两结伴而行，一路上嬉笑打闹。面对游客的镜头，不丹孩子一改平时的腼腆文静，他们用流利的英文与游客打招呼，在陌生人面前展露天真无邪的笑容，那笑脸就像汩汩流淌的山泉一样清澈纯洁。

岗提是进入不丹中部的必经之地，也是每年黑颈鹤避冬的栖息之所。因为夜晚的一场雨，清晨的富毕卡山谷里雾气缭绕，缕缕白云缠绕于半山，密林深处是若隐若现的藏式民居，远望犹如仙境般清新脱俗。山坡上的草丛和野花闪耀着晶莹的露珠，沿着山中小径前行，空气中有股青草的味道。绕过前面一汪浅滩，从悬空的铁索桥上穿过，再爬过一座小山堆，前面就是岗提的Beyta小学。

Beyta小学的学生昨天参加了一场法事，本来今天是他们的休息日，因为我们这些中国客人的到访，全校师生特地回来上课，放假留待明天，事后我们才得知这个情况。这所有166名学生的乡村小学，连校长在内只有六名教师。校舍位于一片绿色的田野之中，周围群山环抱，远望可见白色的雪峰，风光宜人。通往学校的田埂两边插着色彩鲜艳的幡旗，在山风的吹拂下迎面飘扬。一早在门口等候的校长，是一位穿着灰色条纹帼的汉子，皮肤黝黑，身材精壮，像很多常年在山地行走的不丹人一样。

Beyta小学虽是乡村小学，但校舍一点也不破旧。学生教室和教师楼都是传统的不丹式建筑，屋檐下和窗棂上有吉祥图案的雕花，正门立着不丹国旗，挂着不丹四世和五世国王英姿勃发的头像。校长带我们到高年级的教室参观，不丹学生上课采取分组学习的形式。书桌上的书本大约有五六本，都是英文教

不丹小学的清晨集会

不丹学生的校服是他们的传统服饰

材，没有看到很多卷子或作业本。我特别留意到，20多名学生的班上，没有一个是戴眼镜的近视眼。

我们问孩子们理想的职业是什么，答案分别是工程师、医生和教师。这几大职业目前正是不丹的大热门。这个国家的支柱产业是水电，全民免费医疗对医疗人才的需求也颇多，每年都有一定数量的不丹学生被政府公派到国外学医。最受爱戴的人是不丹四世国王和五世国王，甚至有人回答说是不丹的小王子，连校长也忍不住问，难道除了国王就没有其他人选吗。

学生们听说过近邻中国，因为在书本看过萌态可掬的大熊猫。而当他们听说中国有十几亿人口时，都瞪大了眼睛，大约心里都在算着，这与不丹的七十万人口相比是一个什么惊人的比例。

岗提相对于首都廷布和西部重镇帕罗，落后了很多，大多数孩子家里还没有电视机，更没有习惯使用智能手机，学校里只有校长室有一台电脑。不过这并不影响孩子们对世界的探索，面对我们的发问，他们都很踊跃地举手回答问题。在孩子们的书桌上，打开的书本上是科学家爱迪生的故事，从小接受英文教育的不丹孩子，都能讲一口流利的英语。

学校操场除了木滑梯、木单杆和平衡木外，没有其他运动器材，但胜在宽阔和视野好，这里群山环绕满眼苍翠，到处都是绿色。从墙上张贴的课目表上得知，Beyta小学一周有一天运动日，运动项目包括足球和手球。环顾整个校舍，最引人注目

教学楼是不丹的传统建筑

的竟然是角落里的男女生厕所。门口分别画着一人高的卡通人物，女版卡通梳着长长的麻花辫，露着婀娜的腰肢，男版卡通蓄着冲天短辫光着膀子，滑稽的模样令人忍俊不禁。再看看教室的水泥楼梯，每级台阶都用彩色漆刷上显眼的乘法口诀，孩子们每天上下楼梯都可以看到，教师办公室贴着警句：A bad workman always blames his tools（拙匠常怨工具差），整所小学的配置虽然简单但并不空乏，感觉十分用心又有爱。

不丹的现代学校20世纪60年代才兴起，以前只有寺院学校，现在也仍有10%左右的孩子在寺院学校接受传统教育。佛教文化的渗透在现代学校无处不在，我们踏入校长办公室时，抬头便见门楣上贴着这个国家的第二佛——莲花生大士的画像。不丹的学校有一种做法，在一天开始之时，会花几分钟的时间让学生静坐冥想，思考生命的意义和目标，还有今天该怎么过才能有幸福的结果。或许是受益于冥想的习惯，Beyta小学的每一个孩子看起来都很温和沉稳又有礼。佛教是每个不丹人自小的必修课，打坐、祈祷每日必做。我认识的不丹人，包括年轻人在内，很多人的额头上都有一块突出来的肉瘤，那是经年累月磕长头磕出来的。

不丹地处高山，人口分散，学校一般离家较远，孩子们上下学都要翻山越岭，徒步十几公里。当地人从小要练习徒步本领，包括国王在内的每个人都是徒步高手，连王太后本人也曾徒步横穿不丹东西部，几乎访遍境内渺无人烟的乡村。不丹的男孩子从小在家里跟父辈练习射箭、骑马、飞镖。在学校教育还没有普及的时候，大自然是他们获得知识的最好方式，他们自小在野外学得天文、地理和自然知识以及各项生活技能，没有机会做温室里的花朵。

实行全民教育免费的不丹，孩子可以在学校一路免费读至高中，相当一部分成绩好的学生可以免费入读大学，再有优秀者还可公派出国留学。学好知识也是不丹孩子走向山外的机

充满欢声笑语的课堂

会。我们将不远万里从中国带来的文具用品交给Beyta小学的校长，请他转送给孩子们。校长说，过一段时间就是学校的运动会，这些文具将作为奖品发放给优胜者。临别前，我们诚邀Beyta小学的孩子，长大后有机会来中国看看。

在艺术大学学习绣花的男孩子

不丹最早的手工艺学校建于300年前

也许因为本身就是手工爱好者的缘故，几度赴不丹，只要没有遇上学校的放假季，位于首都廷布的艺术大学是我们必去之处。在这幢有着百年历史的不丹传统建筑楼，沿着磨得光滑的木楼梯爬上去，每层楼里都有几间小巧的房间，一排排鞋子整齐地摆放在门口。学生们在这里可以学习绘画、刺绣、雕刻、泥塑等技艺，都是这个国家的传统艺术。

宁静的小房间里，是一张张年轻有朝气的脸。窗外云卷云舒，窗内人心无旁骛，专注于眼前的一针一线，一刀一凿，一笔一画，经由自己的双手和虔诚的心，绘制有佛陀图案和经文的唐卡，绣一张莲花和祥云朵朵的丝织品、塑一尊面容庄严的佛陀泥塑。这些流传多个世纪的传统工艺，都离不开佛教文化的元素。

绘着吉祥图案的落地木窗边，一群穿着帼的男孩子盘腿坐在地上，细声交流着如何将面前这幅唐卡描摹到极美，旁边是五颜六色的天然颜料；灯下穿针引线绣着花稿的女孩，长着一张秀气的脸，一边忙着手头的针线活，一边与隔壁的男生嘀咕着什么；一名长发女生恭敬有加地站在一位长者身旁，看来是交功课的时间到了，老师会给出什么意见呢？教室的另一个角落，一名长相憨厚的小男生戴着黑框眼镜，正一丝不苟地做着针线活，他手中的织物，是一尊面容慈悲的释迦牟尼佛，彩色的丝线缠绕在光滑的绸缎上，焕发着夺目的光彩。在另一间教室里，初学者在学习一些简单的绘画技巧，墙上张贴着一张示范的画，那上面是佛陀的眼、口、鼻，画纸上的寥寥几笔，透着十分的庄严。

在这里，感受到的除了传统手艺的美，还有手艺人内心的充盈和满足。如果换一种焦虑浮躁的心境，这种满足自在不易

不丹的手工艺，离不开佛教元素

唐卡画师心无旁骛

获得。我们一行人中，有人止不住向往地说，真想在这里当一段时间插班生，静下心来学一门手艺。做时装设计的同行者老沈，说想组织几位画家同学来这里义教，在隐迹于喜马拉雅山下的古老佛国不丹，授艺的同时修心，过一段时间的避世生活，想想也是蛮不错的。

当我们听说，不丹的学生可以在这里免费学习不丹的十三项传统艺术，更是羡慕不已。这十三门手艺包括木工、石工、雕刻、绘画、雕塑、铸造、打铁、金银工艺、竹藤工艺、编织、刺绣、木材车削、造纸。我们随后在廷布参观了一家小规模的造纸工厂，采用瑞香植物的树皮做原料，经手工制作的纸张摸起来很有质感，又别出心裁地在纸上印上大自然花草的图案，看着就像一件艺术品，买了几张回来一直都舍不得用，连

带着信念塑一尊面容庄严的佛陀

外包装的厚纸也舍不得丢，用来写毛笔字刚好，看着很别致。

不丹的传统艺术可以追溯至15世纪的伏藏师贝玛林巴，据记载他同时也是一位多才多艺的画家、金属工匠、雕塑家和建筑师。在不丹，这些多姿多彩的传统工艺并没有像许多国家那样失传没落，背后原因值得深究。几度赴不丹，我也注意到，不丹的传统艺术根植于佛教文化，而佛教文化又渗透到每家每户的生活中，虽传承数百年却一直保有生命力。

踏入不丹境内所见皆是寺庙、宗堡、佛塔，这些传统的建筑样式离不开传统的手工艺术，如佛塔上描绘的佛祖和宗教人物的石雕、寺庙宗堡里的彩绘壁画、唐卡，精致的泥塑，戒楚节上舞者佩戴的面具等等。藤编篮、手织布、精美的刺绣则是寻常百姓家所需，藤编篮子可盛放食物，手织布是制作传统服饰帼和琪拉的材料，刺绣可以做成搭配男士传统服装帼的布靴，还有一种传统的木碗，采用树瘤手工制作而成，很受不丹家庭欢迎。

在廷布一家唐卡专营店，我们看到一位唐卡画师在一幅繁复细腻的佛像唐卡上面细心地描绘，据说这幅唐卡受不丹王室委托绘制，预计需耗时一年有余才能完成。在不丹，绘制唐卡是一项非常神圣的工作，有专门的宗教文件对构图以及佛像的比例和特征做具体规定。而委托他人绘画和塑像同样也是一种虔诚的行为，更是一种功德。这种为传统手艺赋予的严谨和虔诚，让我想起我的潮汕老家，小时候每逢节庆和祭祀活动，人们为装饰供品而剪上各式鱼花、虾花、猪头花等美丽的图案，这种剪纸手工艺曾经家喻户晓，不过现在也面临失传，民间精

一笔一画的描摹，带着无比的虔诚

窗前凝思静想，潜心挥毫作画

于此道的手艺人日见寥落。

不丹传统手工艺术的繁荣，除了与其特殊的佛教意义有关外，还与王室历来的重视有关。不丹最早的手工艺学校建于300多年前，我们在廷布参观的艺术大学实行的是义务教育，设有不丹13种传统手艺的4—6年课程。保护传统艺术相当于在保护一个民族文化的根，联想起曾经跟不丹很相似、隔邻的另一个袖珍国家锡金，被印度吞并后逐步同化，几乎什么也没有留下，这一定也让不丹的高层乃至民间深受触动。

我在广州认识的不丹留学生德晨，以往在不丹国内，她对国家规定正式场合要穿传统服饰很不解，走出国门后才慢慢明白其中道理。她回国后开始在微信朋友圈售卖一些手工编织的女式包和围巾，价格不便宜，想必在国外走了一圈之后，她已经意识到，传统的民族手工织造，有其无可替代的价值。

街上好多奶爸 国王出巡也要亲自驮着娃

怀抱龙太子的国王和王后一家

刚刚过去的二月，不丹五世国王旺楚克迎来了38岁生日，自从诞下龙太子之后，这位曾经被誉为世界上最年轻最英俊的国王，更多地以一副好爸爸的形象出现于公众视野中。虽然贵为一国之君，日理万机，但不论是出席节庆还是走访乡间，即便佩玛王后陪伴左右，怀抱龙太子的也多是国王本人。

最近王室公布的一张照片里，旺楚克国王将小王子驮在肩上玩骑高高的游戏，全世界最温暖的地方除了母亲的怀抱，还有父亲的双肩，即便生于王室，唯有亲情无可取代。照片中天真烂漫的龙太子，满脸爱意的年轻国王，满满的幸福感羡煞了全世界。在不丹，抱娃的男人可不唯独国王一人。在首都廷布，西部重镇帕罗，或是中部山谷布姆唐，我们一路遇到的不丹人家，抱娃的大多是家中的男人。

那天我们刚下飞机，没有片刻停留，就赶赴帕罗节日广场参加戒楚节。春天的帕罗河谷流水潺潺，两岸垂柳依依，远处是皑皑雪山，不论哪个角度的景色，随手拍摄都可以入画。因为一年一度的春天戒楚节，不丹人挈妇将雏，举家赴会。男人穿着帼一马当先地走在前面，肩驮着或怀抱着孩子，身着琪拉的女人提着裙裾紧随其后，有的边走还边玩手机自拍。他们穿过古老的悬空木桥，行进于喜马拉雅雪峰下的青山绿水间，特别有爱而又温馨的一幕，至今仍留在我的脑海里。

在帕罗节日广场上，金刚舞表演休息的间隙，一对不丹男子聚在一起聊天，手里抱着的两个小男娃不停打闹，可他们的父亲却有本事一边把娃抱得牢牢的，一边继续聊他们的天，可见带娃对他们来讲已属家常便饭。自古以来，来自游牧民族的不丹人，在家庭生活里仍遗留着母系社会的传统，譬如家中大部分财产只传给女儿；儿子长大结婚就要离家入赘女方；家里的女主人通常掌管着财权和各项内政事务；外出工作的不丹男人回到家，要帮忙洗衣做饭带娃。

男人忙抱娃，女人乐自拍

抱娃是男人的专利，女人负责婀娜多姿

在以往现代医疗还没有普及的时候，不丹的男人还要肩负接生的重任。王太后多杰在《秘境不丹》里就描写了她的父亲用一根削尖的竹桩切断脐带接生的过程，家里每个孩子出生后的整整两个月，都是父亲劈柴烧水每天两次背着产妇从卧室到浴室洗澡，为她做煎鸡蛋和酒酿粥，直到她完全恢复体力为止。

导游告诉我们，在他出生的位于帕罗近郊的村里，如果有人生病需要到首都廷布住院治疗，村里的每户人家都会派代表带着礼物去医院探望。如果家中儿女不孝导致老人得不到赡养，他们一定会受到左邻右舍的强烈谴责，走出家门连头都抬不起来。

不丹人注重亲情，享受家庭生活。有句话说，想知道一个家庭过得幸不幸福，看看他们的厨房就知道，在不丹也不例外。导游位于帕罗的家，厨房里挂着十几二十口大小不一的铁锅，全部刷得锃亮锃亮的。不丹人喜欢串门走亲戚，一遇上节日或家中做法事，亲戚扎堆，单单做白米饭的大锅就要用上好几口。导游的妈妈年轻时唱歌在当地出了名的好听，而她的厨艺也相当了得，她亲手做的不丹菜辣椒芝士，让我们几个胃口大开，一不小心就吃撑了。

不丹人的家里虽然摆设简单，但干净舒适，从一楼的木梯上楼就是厨房和里屋，再往内是挂着唐卡供奉着酥油花的佛堂，吃饭和干家务活都是盘坐在地上，所以进不丹人的家门一定要记得脱鞋。在更为偏僻的中部布姆唐，这里的女人素以能

在不丹农家，闻花香听鸟语

干闻名，除了田间农活，她们还会织布、酿酒，擅长做各式荞麦面。我们做客的一家布姆唐农户，女主人端出几种面食，佐以各种香料，还有高山红米饭、例牌辣椒芝士，让人胃口大开。同伴珠珠饭后一杯青稞酒下肚，竟如史湘云般醉卧花丛，躺在鸟语花香的不丹农家里酣睡了好一会儿。在不丹乡野里品尝的这餐饭食，至今回想起来，仍感觉胜过世间的好多山珍海味。

外界很好奇，不丹经济落后，物质匮乏，为何却能以高幸福指数著称全球？数度探访不丹，我一直也在寻找答案。作为一个外来者，我的切身感受是，身处不丹很容易感受到人与自然、人与人之间的和谐关系，这些简单而又纯粹的美好，特别能触动我们这些惯于忙碌和焦虑的都市人的心。

佛教故事里，释迦牟尼一生中的四大事件都发生在树下，在兰毗尼出生，在菩提迦耶悟道，在鹿野苑的森林里第一次讲道，在库什纳迦涅槃。不丹的文化蕴含着宗教的价值观，佛家对众生的尊敬，因此不丹人十分爱惜自然。

身处全球首个碳负国不丹，森林覆盖面积超过70%，每天清晨推开窗户，看到的就是青山绿水，闻着花香听着鸟语，呼吸着未受污染的空气，感觉幸福就在门外，我们唯一能做的，就是开门迎接。在国外留学的不丹学生大多选择回国，因为他们无法习惯都市生活的嘈杂和人际关系的疏离。在华南师范大学研读佛学的不丹女孩德晨来到中国已经两年多，虽然见识了外面世界的精彩，也感受到都市生活带来的诸多便利，但她还是更怀念不丹的亲人和姐妹，以及和他们亲密相处其乐融融的生活。

幸福究竟是什么？日本实业家稻盛和夫讲过，我们一味地追求物质的繁荣，住舒适的居所，贪恋美食，身着华服——相信这才是幸福。可是，穷其追求的结果，我们真的“幸福”了吗？反倒是丧失了贫困年代拥有的纯粹、美丽的心灵，以及从每天的小事里获得喜悦的能力。

来到不丹，到农家射一场箭，吃一餐自己动手做的饭菜，走一段看得到风景的山路，都能感觉到快乐和满足。拥有的没有那么多，反而倍感珍贵，容易快乐。

在不丹感受简单而又纯粹的美好

他/们/的/王

来自古代的洛域

进入这个国家，几乎每天都能与国王和王后『相遇』。不丹人喜欢在家里挂着他俩的照片，做成挂历或装饰画放在显眼位置，像崇拜偶像剧里的明星一样喜爱他们。

娶了四姐妹 刚满五十就主动退位的老国王

全球首倡国民幸福指数的老国王

对不丹产生兴趣，起初是因一位帅气的国王而起。没错，就是我们这个星球上最英俊的国王吉美•格萨尔•纳杰•旺楚克。好长好长的名字，记得我家宝贝六岁那会，从报纸上读到他登基的消息，因为这个名字好玩而过目不忘，第二天家里来客人，小嘴巴就像复读机一样，突然报出不丹新国王那一长串的名字，把我们逗得哈哈大笑。或许与不丹的缘分在那时就已经结下了。

不丹国王旺楚克的高颜值和童话式婚姻，因为媒体的宣传，已为大众所熟知，忍不住感叹，人与人之间的缘分就这么奇妙，据说国王旺楚克还是一名翩翩少年时，第一次遇到7岁的佩玛就跪地求婚。“等你长大了，你未嫁，我未娶，只要我们心意相连，我便娶你当我的妻子！”再浪漫的言情剧恐怕也编不出来的情节，就发生在现实中的不丹王国。国王在31岁那年，不忘初心，把小他10岁的吉增•佩玛娶为王后，成为喜马拉雅山下一段广为传诵的佳话。

不丹之行经过普纳卡宗，这里是国王大婚的庆典之地，绿树掩映下的宗堡美丽又圣洁，四周农田环绕，远望是白云盖顶的山峦，这场王室的世纪婚礼没有邀请任何权贵豪门，只有故都普纳卡的数千村民见证，低调又浪漫。

若要论起颜值和成就，国王的老爸、四世国王吉美•辛格•旺楚克，比现任国王都要胜出几筹。1972年，16岁的旺楚克四世还在英国牛津大学念书，突然接到噩耗，他的父王心脏病发遽逝。英年早逝的“不丹现代之父”旺楚克三世，他在位二十年间，不丹发生了划时代的变化：废除封建及奴隶制度，释放所有农奴，成立国民议会，设立不丹皇家军队和警察部队，建立高等法院，几乎重组了整个国家的法律制度。期间不

四世国王年轻时也是一名美男子

丹结束闭关锁国，向全世界开放，在他临终前一年，不丹正式加入联合国。

旺楚克三世在位期间，不丹的学校从11所增至102所，修建了1770公里的公路，设立6所现代化医院。可别小看这1000多公里的公路，不丹境内尽是高山，在很多地区老百姓出行仍以马、骡代步，出行难，修路更难，打通公路也使得不丹后来的全民免费医疗和教育得以实施。旺楚克三世在位期间还创下不丹的多个“第一”，如兴建第一座大型发电厂，发行不丹第一套邮票等等，水电和邮票此两项后来都成为了不丹的主要外汇收入来源。

知道了旺楚克三世这么多的“威水史”，就能理解旺楚克四世的“亚历山大”了。一个留学在外的十六岁少年，心智尚未成熟，突遭家庭重大变故，要马上停止学业并接任王位，稚

喜马拉雅山下的童话式婚姻

老国王刚满五十就主动退位

嫩的双肩担负起治理不丹王国的重任，这种人生的重大考验真不是一般人能扛得住的。旺楚克四世回国后没有马上接受冠冕，他花了两年时间走访不丹民间，思索着如何当一个称职的国王。“不丹要给人民什么样的生活？”他发现，其实老百姓需要的东西很简单，他们只想拥有幸福快乐的生活。

这位拥有大智慧的少年君主独具开创性地将GNH（Gross National Happiness，国民幸福指数）设为国家发展目标。他认为，人生的基本问题是“如何在物质生活和精神生活之间保持平衡”，“政策应该关注幸福，并应以实现幸福为目标”。尽管世人眼中的不丹贫穷落后，但GNH（国民幸福指数）远比很多国家热衷的GDP（国内生产总值）重要，人民的幸福快乐才是国家发展的目标。老国王在全世界最早提出的国民幸福指数，至目前已成为多个国家仿效的对象。

五世国王继位后，延续了老国王的理念，经过两代人数十年的规划，形成了一套非常详尽的“幸福指标”评估标准和计算公式，包括政府善治、经济增长、文化发展和环境保护四大项，其中又细分为九大类72个子项，GDP只占幸福总值的1/72，生态效益、人文效益和社会效益永远高于经济效益，在四世国王任期内，不丹还实现了全民免费教育和免费医疗两项福利。

不丹王室从第一世国王乌颜•旺楚克开始，至今已跨越百年历史，一直深受百姓爱戴。不丹之行所见的餐厅酒店和普通民宅，都自发地供奉着王室成员的照片，其中有很多是四世国王的照片，足见他在人们心目中的位置。老百姓谈起老国王一脸自豪，因为他是一位文治兼武功的君主。老国王当年还曾自亲率兵清剿印度阿萨武装分子，最终大获全胜。如今游客经过的位于海拔3200米都楚拉山口的楚克旺耶纪念碑，就是为纪念当年老国王和士兵保家卫国而建。

而为世人津津乐道的是，老国王年轻时娶了貌美如花的一门四姐妹为王后，生育了五位王子和五位公主，一家子济济一堂，个个都是高颜值，真是羡煞所有地球人。需要说明的是，因为历史和地缘的原因，在政府尚未立法提倡一夫一妻制之前，不丹民间一直沿行一夫多妻或是一妻多夫制，老国王一口气娶了四姐妹，在以前的不丹属于正常的王室家事。

2006年的不丹王室百年纪念日，正当盛年的四世国王却突然宣布要在一年后退位，并自削王权，支持全国民主大选，依照议会的民主制度选出新政府，要求国民议会通过可以弹劾国王的法令。四世国王说：“我不能保证不丹一直有一个好的国王，所以我要把我的权力让一部分出来。”2008年，不丹正式由君主制转变为君主立宪制，这意味着不丹延续了数百年的世袭君主制正式宣告结束。现任五世国王继位后，签署了不丹第一份人民宪章，内容就是不丹的国民幸福指数。

老国王退位后的日子应该过得不错，时不时还出现于公众

地表颜值最强王室，帅哥美女济济一堂

视线。看过他的一张近照，一脸慈爱地抚摸着平民孩子的头，发际线有点后移，但依旧精神帅气。有幸运的游客还在射箭场偶遇过老国王，喜欢射箭运动的他退位后有充裕的时间与民同乐。他的四位妻子据说是转世活佛的后代，受过高等教育，德才兼备，其中一位妻子喜欢写作，撰写过《秘境不丹》一书。

年初不丹小王子降生，王室发布了一组照片，其中有老国王与儿子媳妇王孙一家其乐融融的画面，感觉他正享受着天伦之乐。少年继位壮年退位，作为在全球首倡国民幸福指数的国君，想必也很注重自身幸福指数的提升，如果给四世国王的个人幸福指数打分的话，退位后的他恐怕也与平民百姓的标准没什么两样，都离不开现世的安稳和心灵的满足吧！

不丹国王的皇冠上为何是只乌鸦

头戴渡鸦皇冠的四世国王

两年前初入不丹，在帕罗国际机场刚下舷梯，一眼就望见入境厅一侧的巨幅照片，上面是年轻的国王和新婚的王后，身穿不丹传统国服的他俩相依相偎在樱花树下，画面唯美。两年后再赴不丹，龙太子诞生，合影中多了个“小不点”，国王和王后一脸幸福地怀抱着太子，迎接每天入境不丹的客人。高颜值的国王和王后，成为这个国家最好的形象广告，他们一家子温暖的笑容足以消除初来乍到的每位游客心中的忐忑和陌生之感。

之后进入这个国家，几乎每天都能与国王和王后“相遇”。不丹人喜欢在家里挂着他俩的照片，做成挂历、时钟背景或是用相框装起来，作为家居的装饰画放在显眼位置，像偶像剧里的明星一样喜爱他们。不丹的年轻人喜欢佩戴一款印有国王和王后合影的小胸针，别在帼或琪拉上，非常合衬。两年前我在首都廷布买了一张国王王后新婚合影的明信片，至今仍放在我的书桌上，每次看到都会勾起我对这个美好国家的想念。

照片中的不丹五世国王在他28岁那年登基加冕，戴上象征不丹王权的渡鸦皇冠，成为全球最年轻最英俊的国王。不丹国王身着织锦帼袍，足踏彩绣布靴，披着象征身份的黄色披巾，戴着皇冠，帽檐饰着白色头骨和金色祥云，顶上探出一个鸟头，有尖直的喙、丰满的颈羽和锐利的眼神，那是不丹的国鸟——乌鸦。在这个星球上的很多地方，乌鸦都被视为不祥之物，而在不丹，乌鸦却是王室的护法神。

乌鸦在北欧是众神之主奥丁左右肩上的巡视神，可以聆听世界的所有声音，被诩为思想和记忆的化身。在英国，乌鸦是祈愿胜利之鸟。大热的美剧《权力的游戏》里，乌鸦是贯穿全剧的重要元素。在中国西藏和四川一些地区，乌鸦被当作神鸟

年轻人视国王和王后为偶像

年轻时的四世国王英气逼人，有不丹吴彦祖之称

来崇拜。而不丹国王皇冠上的乌鸦，则是玛哈嘎拉的化身，玛哈嘎拉在梵语中是“大黑”之意，是不丹佛教中的大护法，被视为观音菩萨慈悲心所化现的忿怒身。传说他有不同的相貌，有六臂、四臂及二臂等几十种形象，脸上的忿怒相和手持的各式法器，代表降魔伏妖的威力。

早在四百年前，不丹国父夏宗•阿旺朗杰是西藏竹巴噶举的主寺惹龙寺的住持，因当权者反对认定他转世的身份，想另立他人，并借机多次侵袭惹龙寺，夏宗决定带着圣物离开西藏。传说夏宗在梦中得到护法神玛哈嘎拉的指点，一只乌鸦指引他去往山南边的“福地”，最终实现了莲花生大士曾经的预言——到南方的不丹，掌领这块圣域。夏宗从西藏来到不丹，居住的第一所房子还在，位于不丹北部加萨地区的拉雅。

不丹的佛教，与西藏有很深的渊源。传说信仰佛教的藏王松赞干布为降伏一个女魔头，一夜之间在喜马拉雅山区建了108座寺庙，这些寺庙镇住女魔头身体的不同部位，其中有两处位于现不丹境内，西部帕罗的祈楚寺建在她的左脚之上，中部布姆唐的简巴寺则镇住了她的左膝。这两座古老的寺庙是不丹宝贵的宗教遗产之一，我数度来到不丹，每次都会进庙祈福，在佛前供香。犹记祈楚庙里，信徒经年累月跪地磕长头留下的印记，一对磨得铿亮的脚印深陷于地面，无声地传递着信仰的力量。在11月进入中部布姆唐地区，又遇上简巴寺一年一度的节庆，都是非常殊胜的缘分。

乌鸦是不丹王室的护法神

值得一提的是，不丹与中国一样都是以龙为图腾的国家。在不丹语中，不丹的国名“Druk”为龙的意思，有雷声之意，不丹以雷鸣为龙之声，不丹也称雷龙之国。相传不丹国父夏宗·阿旺朗杰所在的西藏惹龙寺兴建之时，创建者听到天空传来雷鸣，并亲睹九龙从地而起，翱翔在天。不丹五世国王的小太子，民间老百姓都亲切地称他为“龙太子”。

我们乘坐的不丹雷龙航空公司的飞机，机身绘着银色飞龙。我们看到的不丹国旗，背景是象征王权和宗教的黄色和橘黄色，中间也是一条银色飞龙，矫健的龙身鳞光闪闪，刚劲的龙爪握着四颗宝珠，象征财富、兴旺、安乐和圆满。

在不丹旅游，看到这些关于龙的图腾，听到这么多关于龙的传说，对于来自毗邻、自古以龙的传人自居的中国游客来说，实在是倍感亲切。

以龙为图腾的国家，全民信仰佛教

国王家的婚礼 普纳卡宗那些浪漫的事

不丹五世国王和王后喜结良缘

好友婧在不丹给我发来一张照片，他们夫妇俩身穿不丹国服，在普纳卡美丽的母曲河畔席地野餐，绿色草坪铺着整洁的彩色毡布，藤编的筐里装着尚有余温的食物，两条大狗流着哈喇子静候一旁。面对着喜马拉雅山麓的高山流水，空中翻飞的彩色经幡，还有远处宁静的宗堡，享受大自然的馈赠，品尝农家自制的可口菜肴，心中油然而生的那份愉悦和闲适，是与米其林星级餐厅完全不一样的感受。在山水之间或圣迹名胜之处野餐，是不丹普通人家最喜闻乐见的事情，即使生在不丹王室，那也是少不了的生活方式。

数入不丹，普纳卡是我最喜欢的胜地之一。它比西部重镇帕罗淳朴自然，比首都廷布更为隐秘静谧。清晨推窗望去，山峦和河谷笼罩在薄雾中，层层梯田阡陌纵横，父曲河和母曲河交汇处，是不丹最美丽和最浪漫的宗堡普纳卡宗。春天，乘坐小艇从母曲河顺流而下，一路赏两岸春花灿烂和苍翠松林，偶见密林深处蹿动着松鼠和小猴的身影，让人雀跃不已。母曲河的河水平缓，满船的人儿一边划桨一边欢歌，一不留神遇上激流，小舟连打好几个转，引来惊叫阵阵，浑身上下都被河水打湿了。

小舟在河上荡漾了一个来小时，远远看到一座悬空的彩绘木拱廊桥，我们从桥下穿过，眼前一座伟岸的建筑矗立于青山绿水间，这就是普纳卡宗。我们早到了一个月时间，五月才是普纳卡宗最美的季节，春江水涨的母曲河，河水缓缓流淌，白色的宗堡墙外，一树树蓝花楹盛开，灿若紫薇的云霞，映衬着古老的宗堡，木雕彩绘的窗框和金色的黄铜屋顶，恍若世外仙境。撒满花瓣的紫色小径上，身着藏红色僧袍的喇嘛缓步走来，一脸淡然，不悲不喜，天地有大美而不言，莫过如此。

不丹的宗堡，喜欢傍水而筑

不丹最美的建筑当数宗堡和佛塔，而普纳卡宗无疑是最美的一个。通往宗堡主建筑的木拱廊桥，以往是当地百姓摆卖自种蔬果的地方，他们带好饭食在这里待上一整天，交流各种消息和家长里短，卖完东西后，再到桥边的店铺里买上盐和茶叶等必需品，步行回家。廊桥也是游客进入宗堡和佛堂清净地的必经之处，走过这道弯弯的木拱桥，似乎也把尘世间的喧哗和

烦扰隔绝于外。

进入普纳卡宗堡大门有一个七米高的陡峭台阶，据称战争时期可以随时撤走，这样敌人就无法进入宗堡。不丹的宗堡有的雄踞于山脊之上，有的坐落在河谷中央，古时候它既是堡垒，也是寺庙。四百年前，不丹佛国创始者夏宗法王在梦境中受护法神大黑天的化身——渡鸦指引，从西藏来到南部不丹这块圣域。宗堡内的观音自生像当年由夏宗从西藏带来，被视为不丹最珍贵的财富。普纳卡宗内还有另一件宝贝，描绘夏宗法王的巨幅唐卡，每年的戒楚节在日出之时展出，悬挂于雄伟的宗堡墙外，特别壮观。

普纳卡宗的修建，据称是在完成莲花生大士在8世纪时的一个预言。夏宗逝世之后，法体供奉在他下令修建的宗堡殿堂之内，不丹历任国王即位，都要来此供奉祈祷。普纳卡曾是不丹

春天的普纳卡宗，绿意葱郁让人心生欢喜

一道弯弯的廊桥，把尘世的喧哗隔绝于外

故都，因与王室关系特殊，地位又与其他宗堡不同，不丹第一位国王乌颜•旺楚克1907年在此加冕，三世国王在此召开首次国民大会，五世国王在此接过渡鸦皇冠，四世国王和现任五世国王各自的大婚也都在此举行。

四世国王和他的四位王后相遇于普纳卡宗的双神节。每年二月的双神节是旧时不丹青年男女的求偶节，每个人都盛装出席，姑娘穿着手工编织的精美琪拉，戴上天珠、珊瑚或绿松石，以最美丽的形象出现，期待能邂逅自己的心上人。多杰家的四姐妹与她们未来的夫君，当时的不丹王储，就在这里见了第一面。年轻时的四世国王实在太英俊了，看过他的一张黑白照片，头戴皇冠，俊眉朗目，英姿勃发，有人把他比作不丹吴彦祖，若换作今天，也一定圈粉无数。

不丹四世国王迎娶一门四姐妹的九年后，在普纳卡宗堡举行婚庆，那是1988年。当时十位王子公主中有八位已经出生，他们一起来到普纳卡宗参加了父母的婚礼。每个不丹人都被邀请参加，一起跳舞、竞技和欢宴。光阴荏苒，日历翻到2011年，又一场王室婚庆在普纳卡宗堡举行。五世国王旺楚克和他的王后吉增•佩玛喜结良缘，他们像一对普通的新婚夫妇一

不丹王室的幸福婚姻

样，甜蜜蜜地手牵着手，走在普纳卡的村道上和田园里，接受国民的祝福。身处王室，最幸福的事情莫过于这样的自在与随心。

普纳卡宗里有一棵古菩提树，茂密的树荫差不多遮蔽了半边天，每次来到这里，我都喜欢在菩提树下闭目静坐，在香烟缭绕、佛音袅袅中清净一下内心，对于来自外面世界的游客，也是一种难得的幸福与自在。

樱花盛开的扎西曲宗
走路上班的海归国王

赤足的不丹一世国王

数次来到首都廷布的扎西曲宗，国王的办公行署。一次正值阳春三月，扎西曲宗樱花盛开，满树烂漫，美不胜收。又一次是在秋意已浓的十一月，宗堡墙外栽种的果树，挂满一串串果子，地上捡了两颗，放在包里，等到十天后离开不丹，却发现一点都没有坏。后来，在不丹一幅家喻户晓的唐卡上面找到了这棵树，树下有大自然的万物生灵，表达的是佛教文化和谐共生的寓意。雄伟的扎西曲宗门外，有一条绿意葱葱的小土路，据说是不丹国王旺楚克五世的专用步道，80后的不丹国王喜欢步行穿过这条静谧的小路，到扎西曲宗办公，路边为他留着一扇小门，门上绘着传统的吉祥图案，上面有一个小小的金色手柄。

五世国王旺楚克的小学和中学教育在首都廷布的公立学校完成，而后留学英美，曾就读于美国名校库欣学院和惠顿学院，毕业于英国牛津大学，修政治学硕士学位。官方资料显示，国王曾参与哈佛大学肯尼迪政府学院的“创新治理”计划和牛津大学伊丽莎白女王机构的外交事务项目。除此之外，年轻又富有活力的国王喜欢摄影、阅读和山地自行车。在一些报道里，我们看到在不丹山地徒步的国王，穿着传统的帼，足蹬登山鞋、身套户外防风衣，手拄登山杖，行走在喜马拉雅山麓广袤的雪域之中。

不丹在古代也称洛域，一个听起来很像是武侠小说里才会出现的地名，想象腰佩宝剑气宇轩昂的王子，在白茫茫的雪地上孤身一人走过来的场面，天地肃杀而气势如虹。事实上，有欧美留学背景、有才华有颜值的五世国王在不丹是当之无愧的偶像，据说国王31岁那年迎娶王后吉增•佩玛的婚讯传出后，这个山地小国的万千少女无不为之心碎。

又一年春天到来，扎西曲宗樱花盛开

半个多世纪前，国王出巡以马代步

日历翻到2008年，五世国王登基，旺楚克王朝不觉已走过百年历史。旺楚克家族原为地方部落首领，在1907年结束各个河谷之间的部落冲突，建立不丹王国。遗存甚少的史料里记载，首任国王乌颜•旺楚克自小和仆从差役一起学习砍柴牵马喂草，在活佛的启蒙下读书写字，有着强悍、智慧和意志坚定的品质。

看过一帧百年前的不丹王室黑白照，让人很是感慨，照片里国王的家眷们都打着赤足，女眷留着短发，衣着朴素，没有多

秋去又春来，愿繁花依旧

余的装饰。他们身后简陋的木屋，与平民居住的房子无异，完全没有我们想象中宫殿应有的华丽。一直到20世纪中叶，不丹仍然处于中世纪农奴制社会贫穷落后的状态，位于喜马拉雅山沟壑丛林中的这个古老国家，与外界几无联系，首任国王第一次走出国门，竟然花费了十七个日夜才从不丹抵达印度境内。

然而在近五十年间，不丹却迅速完成了一系列政治经济和文化的变革，建立君主立宪制，以幸福指数闻名全球，成为世人心中向往的香格里拉。梳理不丹王室的百年发展史，有一个现象耐人寻味，那就是对王室成员具有前瞻性的教育培养，从二世国王伊始，不丹历任国王即位之前，通通都要送到欧洲留学。可见不丹并非完全与世隔绝，至少上层社会尤其是王室成员，很早就主动接触西方文明。

被誉为“不丹现代之父”的三世国王吉美·多杰·旺楚

克，少年时期跟随大英博物馆的植物学家到英国学习生活，能说一口流利的印度语和英语，任上完成了一系列划时代创举，包括废除封建制和农奴制，成立国民议会，并带领不丹于1971年加入了联合国。

接任的四世国王吉美·辛格·旺楚克就读于全球顶尖学府牛津大学，因患先天心脏病的父王英年早逝，这位少年君主即位后在全球首次提出以国民幸福指数（GNH）为发展目标的理念。“幸福不唯GDP”，后来有媒体这样报道。在不丹老百姓心目中，国王历来被认为是神的化身或活佛的再世，而备受爱戴。譬如传说中第一世国王是古代藏族英雄格萨尔王的化身，不丹国父夏宗法王被认定为活佛再世，当今不丹王室则是莲花生大士授记的五大伏藏师贝玛林巴的血脉后裔，细想起来，这绝非虚妄杜撰，否则难以解释他们为何有异于常人的智慧。

像四世国王在50岁正当壮年之际宣布让位王储的事，放在哪个国家哪朝哪代都不同寻常。随后举行的不丹有史以来的首次民选，也是在国王倡导下举行，不丹也就此从封闭的君主制国家一脚踏入开放的民主社会。这一系列历史进程推进的背后，离不开国王的贤明和远见，这其中，一定也与他们早年接触西方民主和开放的思想有莫大关系。

位于廷布旺曲河西岸的扎西曲宗是五世国王的办公行署，气势恢宏的宗堡兼具帝王的显赫和寺院的庄重，宗堡之内经幡翻动，鸽子低飞从身边掠过，僧人缓缓走来，耳畔只听得转经筒在风中呼呼作响之声。尽管不丹早已走出政教合一的模式，但宗堡依然是宗教僧团与世俗管理的驻所。国王旺楚克五世平时也在此地办公，这位80后国王身上兼具古老佛国的神秘气质与现代年轻人的蓬勃朝气。

我二度赴不丹时，恰巧英国威廉王子和凯特王妃伉俪访问不丹。两个古老王室的新生一代相会于佛光笼罩的喜马拉雅山下，看了他们同框的照片，画面实在美妙。在全球化背景下，年轻帅气亲民的国王和王子如同一张通行国际的名片，相信他

们之间会有很多共同话题，说不定私交也会不错。先后诞下小王子的凯特王妃和佩玛王后，猜猜她们之间会讨论什么话题

山谷里的宗堡，兼具帝王的显赫和寺院的庄严

呢？或许是育儿知识，或许是产后修身美容，又或许是其他私密话题，想想都觉得十分有趣。

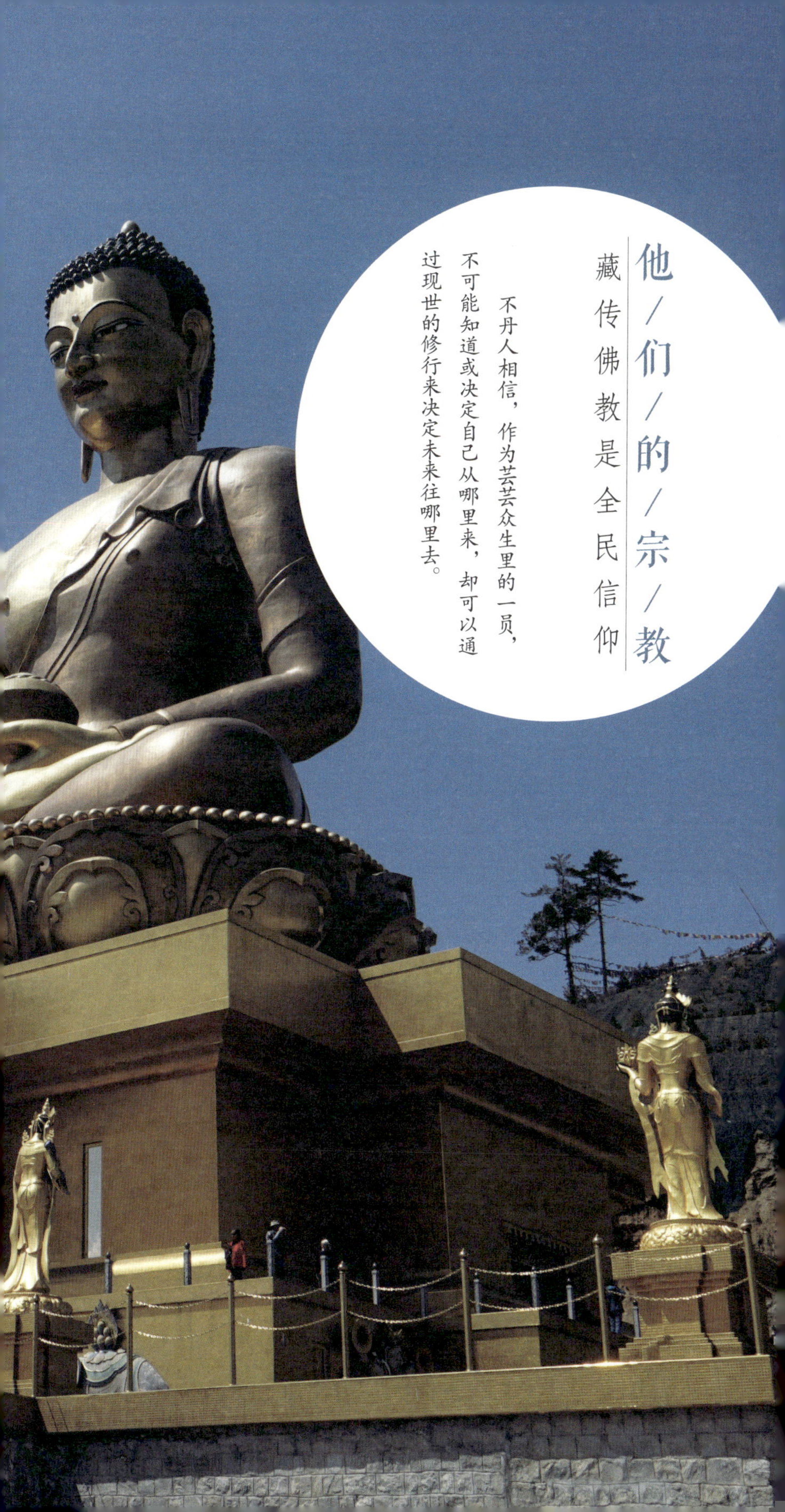

他/们/的/宗/教

藏传佛教是全民信仰

不丹人相信，作为芸芸众生里的一员，不可能知道或决定自己从哪里来，却可以通过现世的修行来决定未来往哪里去。

入世活佛 拍电影交女友 出入赌场

电影《旅行者与魔术师》海报

豆瓣上有两部评分很高的不丹电影，一部是《高山上的世界杯》，一部是《旅行者与魔术师》，导演一栏写着同一个人的名字——不丹活佛宗萨蒋扬钦哲仁波切。

喇嘛拍电影，宗萨蒋扬钦哲仁波切是全球第一位。他执导的这两部佛教主题的影片都有不俗的口碑，在世界各大影展上屡获奖项。影评人称仁波切的电影蕴含惊人的能量及丰富的人文精神，犹如一股清流。其中《旅行者与魔术师》还是不丹的第一部胶片电影。

这是一个略显沉闷又寓意深远的故事：一名对现实不满的不丹年轻人梦想逃离家乡前往美国，心急难耐的他辞掉政府公职踏上旅程，却屡屡错过班车。整部影片以不丹中部的美丽风光为背景，和我们今天看到的一样自然淳朴，只是交通更为闭塞，出行除了靠驴马代步，就是搭顺风车，错过这一趟，可能就不会有下一趟。而人生的命运转折，却只能交付给这么一趟不可预测的顺风车。

故事在百无聊赖的候车途中展开，他遇见和尚、醉酒者和一对父女。和尚讲述了一个魔幻故事，贪婪懒惰的兄长被弟弟施以魔法，迷失在山林之中，遇见一对幽居深山的夫妇，他被女主人的美貌吸引并与其私通，最后引出邪恶的情杀，直到罪责难掩，才仓皇逃离，回到现实。

整部电影采用现实与魔幻交错的手法，配上西藏的宗教音乐，给人一种亦真亦幻的神秘感。随着画面中魔幻故事的深入，年轻人开始犹豫自己的选择，等到那辆可以将他带离现实的顺风车到来之际，他却踯躅两难，内心陷入了挣扎。此时他与旅途中遇见的女孩产生了情愫，这个女孩选择了一条与他相反的路，为了陪伴家中亲人，她放弃了城市里的生活踏上回乡路。

“樱花的绽放，因为短暂，所以美丽。”“我们追寻的乐土，也许就是现在所处的地方，只是人们常常放弃所有去追求不属于自己的一切。”宗萨蒋扬钦哲仁波切的电影，淡淡勾勒的生活场景，如同我们平凡细碎的日子，人物平实和朴素的语言里，蕴含佛教哲学的内涵，娓娓道来，渗透了人心。

电影《高山上的世界杯》海报

传统世界对活佛拍摄电影曾提出质疑，甚至认为僧人不应上电影院。对此宗萨蒋扬钦哲仁波切以杯子与茶为喻作回应。他说，文化是媒介，是语言，是象征符号。没有文化，无法谈论佛教，因为有杯子，才能够盛茶。在他眼里，电影就是那只盛茶的器皿，一种值得人们运用的语言和媒介。

他最早“触电”是与意大利著名导演贝托鲁奇合作，在后者拍摄的电影中担任顾问，并做客串表演。19岁开始接触电影的他，曾在纽约电影学院速成班学习。据称是看到印度导演萨蒂亚吉特·雷伊和日本巨匠黑泽明的电影受到震撼，因此激发了他拍电影的愿望。

在七岁那年，宗萨蒋扬钦哲仁波切就被认定为蒋扬钦哲旺波的二度转世。他从青年时期开始在世界各地弘扬佛法，目前在印度、不丹、澳洲、北美洲及中国台湾等地区都设立有佛学中心，深受信众欢迎。在网上翻到这位仁波切的图片，却是一位头戴美国西部牛仔帽，眼神慧黠的男子，与红尘中人没什么不同。

评论称他是最具创意的年轻一代藏传佛教导师之一。世人眼里，宗萨蒋扬钦哲仁波切也是位作风西化的喇嘛，有关他个人生活“离经叛道”的描述也不时见诸媒体。

例如他曾戴着假发和胸罩走在巴黎香榭丽舍大街上，还曾在德国弘法时，向朋友借了身西服去赌场玩，赢了很多钱。而为了将这些赌博赢来的钱在当天都花出去，他去酒吧点了最贵的酒，还邀请很多在场的人一起吃喝，最后把剩下的钱全给了出租车司机。欣赏他的佛家弟子把他惊人的举动解释为：“有勇气去挑战常规。”但也有些上师会对弟子说，“你们可以做任何想做的事情，只要不像宗萨蒋扬钦哲仁波切那样，我就很高兴了。”

对此宗萨蒋扬钦哲仁波切也从未有过掩饰，他认为持出家戒并非修行的唯一方法，因为个性如此，他从来没有出家的渴望。他也不想将自己伪装成一个圣人。他曾向媒体亲述在伦敦求学期间他曾交过一个荷兰女友，后来因为女友劈腿而分手，

走过这道桥，从此万水千山生生世世

而后很快他又结交了新的女友。在回应外界的质疑时他坦承："我不是一个证悟了的人，我是一个非常平凡的人，我有很多的恐惧、失败和期望，我并不能拯救别人，我连自己都拯救不了。"他认为，人们之所以敬仰他，只是因为他遇到了很好的上师，他花了很多时间做佛法的培训。而要教别人佛学和佛法，必须要懂得别人的痛苦，所以有些体验与经历非常重要。在佛教徒眼里，生活即修行，人间即剧场。

看过一个关于宗萨蒋扬钦哲仁波切的小视频，里面是仁波切在倡导不丹的信众将香蕉叶洗净后，来装每日饭食，以减少塑料制品和一次性用品对环境的破坏。不丹，这个世人眼中不重要的国家，因为不被关注，而带来幸运，没有发生在经济发展中对自然的大肆破坏。但这并不意味着未来的一成不变，宗萨蒋扬钦哲仁波切曾经表示，要在麦当劳开到不丹之前，用摄影机记录下那些消逝的事物，包括不丹的传统文化。谈及不丹的幸福指数，他说要不断地搜集和积累那些让我们一直幸福下去的因。

他说，我们一定要知道，并不是有钱就能使我们幸福。很多时候，我们去做那些完全没用的事情时，反倒会很开心、很幸福。我在想，仁波切所指的这些完全没用却让人开心幸福的事情，一定包括我今天所写的这篇文章吧。

帕罗的早晨，窗外浮云伸手可握

一辈子是场修行，短的是旅行，长的是人生

飞天阳具当门神
姑娘家看了
却一点不害臊

萌萌哒的阳具小摆设

不丹活佛宗萨蒋扬钦哲仁波切执拍的电影《旅行者与魔术师》里，再现了不丹人日常生活的很多有趣片段。男主角前往首都廷布的途中，遇见一处人家在建新房，几位汉子正费劲地用牵绳将一个木雕阳具和一柄木剑拉到屋顶。不丹人建新房，少不了这两样东西，交叉着的木剑与木雕阳具，悬挂于屋檐的四个角落辟邪，缺少了这道工序，房子就不能算正式完工。

不丹的农舍大多依山而建，木质花窗精雕细刻，色彩斑斓。临窗而坐，窗外就是大自然的日月星辰和山川河谷，从喧嚣的都市入此秘境，每个人的心都很容易安静下来。不丹人喜欢装潢房子，屋内绘着祥云、莲花的吉祥图案，大门和外墙则彩绘神兽和巨大的阳具。外地游客初抵不丹，第一次看到不丹农舍外墙的大幅阳具图案，不免感到有些面红耳赤。阳具大模大样地摆在正门口当门神，这在世界上也真是绝无仅有。

更绝的是，不丹人还喜欢给彩绘阳具添上一对滴溜溜转的卡通人物般滑稽的眼睛，底下露着森森白牙，根部缠上五色丝带，喷射着调皮的精子，像喷气式飞机一样，随时准备好要一飞冲天，诙谐的形象，没有半点情色味道，照搬过来做我们的小学性启蒙教材插图，我看是再合适不过了。

让人感到不可思议的是不丹人对此的态度，这个素以保守封闭形象示人的佛教国家，人们却坦然面对，一点也不觉猥琐。女孩子们在家门口嬉笑打闹，身后就是大幅的阳具装饰画，没有谁会感到难为情。入住酒店，到餐厅吃饭，能看到很多与阳具有关的木雕、摆件，到小商品店里，也有很多阳具形状的钥匙串和小挂饰出售，可谓无处不在，如果一定要“非礼勿视”，那也真的有难度。

所谓“清者见之谓清，浊者见之谓浊”，深入了解不丹宗教文化后，自然就会接受这一独特的风俗，不丹的阳具装饰，与印度教的性力崇拜没有关系，它源自不丹一位传奇的癫狂喇

每家门口都挂着世界独一无二的“门神”

嘛竹巴衮列。这位行为举止有点像中国济公的修行者，自幼受教于众高僧，25岁那年悟道，从此离开寺院，脱离僧侣生活的“体制”，带着一把弓箭孤身一人走天下，一生居无定所，常在西藏地区与不丹之间传法。

传说这位狂僧喜欢以歌谣、粗俗的俚语、甚至疯癫的行为弘法，他衣不蔽体，举止荒诞，传法时常带有强烈的性暗示，甚至曾以其阳具降伏恶魔，向人们展现奇迹，虽然离经叛道，却向众生揭示了实相真谛，因此声名远播。在不丹家家户户将他视为保护神，将他降伏恶魔的阳具绘在屋舍外墙，意为辟邪。癫圣竹巴衮列以放荡相示现，点化众生，或许正应了《金刚经》所云：凡所有相，皆是虚妄。佛家又云：一切有为法，

源自不丹“济公”的生殖器崇拜

阳具与木剑，
驱魔辟邪圣物

如梦幻泡影，如露亦如电，应作如是观。从另一个角度理解，放下虚幻的外相，摒弃条条框框，才能放下尘世的枷锁，从而进入自性光明。

癫狂喇嘛竹巴衮列有一次来到不丹中部旺帝，当地信众久闻其名，请其显示神通。当地人故意给了他一个羊头和一具无头牛尸，竹巴衮列将羊头接在牛尸上，口中念念有词，突然一只羊头牛身的动物从地上蹦起来跑上山去了。传说这就是不丹国兽“塔金”的由来，如今，在廷布国家动物园里，游客还可以看到这种俗称“四不像”，长着羊头牛身的国兽“羚牛”。

五百多年前，竹巴衮列按护法神的指示，在西藏往不丹的方向射出一箭，他循着箭的方向来到不丹弘法，并在美丽的帕罗河谷找到箭射中的人家，与这户男主人美丽的妻子巴桑布丽生下了一个儿子。他的后人曾任不丹第四位统治者第悉（即世俗领袖）。如今在不丹故都普纳卡，有一座纪念竹巴衮列的寺庙“切美拉康”，是不丹最神圣的寺庙之一，里面供奉着竹巴衮列生前用过的铁制弓和箭。

切美拉康还是不丹著名的求子庙，据称灵验系数非常高。久婚未孕的夫妇会专程来此求好孕，包括远道而来的外国游客。寺庙里有一本相簿，内装有很多诞下新生儿的外国夫妇的全家合影，其中还有几对双胞胎，有的父母从异国抱着婴儿回求子庙还愿，开心地与寺中的喇嘛合影。

我们游览求子庙时，碰巧遇上一名不丹年轻妇女来此求子，她肩扛着一个小孩子头粗的木质阳具，在庙里转了一圈又一圈，然后长跪于佛前，虔诚地磕头祈祷。庙里的喇嘛让她喝了圣水，又用竹巴衮列的加持物——木质阳具往她头顶敲了敲，以示加持赐福。我们这几个在寺里祈福的外国游客安静地站在一边，唯恐一不小心弄出声响，破坏了这一庄严神圣的场景。

求子庙里，一年轻女子扛着木质阳具求子

佛教圣殿虎穴寺修建者三百年后转世归来

我在虎穴寺朝圣途中

喜马拉雅佛教世界里最神圣的所在——虎穴寺，至目前我已经第三次登上。这对于一个普通的外国游客而言，的确不算多见，也挺让人自豪。当然我也有认识的朋友，出于对不丹的偏爱，至今已经走访了这个国家十几次，顺带也爬了十几次虎穴寺，她的体会有待跟她细聊。而我自己的感受是，每次来回五个小时的脚程爬完虎穴寺下山，虽然周身困倦，心中却有说不出的喜悦和安乐。

几乎所有的不丹游行程，都会安排在旅途的最后一天登虎穴寺朝圣，洗涤了身心，积蓄了满满能量，隔天一早飞走，从喜马拉雅山下的香格里拉，回到我们所处的尘世，仿若从古代的农耕社会穿越到繁华的现代都市，感觉就像坐了一趟时光穿梭机。而虎穴寺自此成了心中的圣殿，所有美好愿望的象征。

对于我而言，虎穴寺又多了一重意义，因为第一次登上虎穴寺之时是不丹小王子、未来六世国王的诞生日，每次看到小王子逐渐长大的身影，都会让人想起他出生那天，我们一家初进不丹王国旅途的欢乐。第三次不丹之行，恰好是我儿子满十七周岁的第一天，在这个神秘佛国接受生日祝福，人生将迎来最美好的青春年华，让人不由得相信，一切都是最好的安排。

两年后和我再上虎穴寺的青春少年郎，个头已长至一米八几。他最初与不丹结缘，是在六岁时，在报纸的国际新闻上读到不丹五世国王、世界上最年轻最英俊的国王登基的消息，小家伙当时很得意地背出了不丹新任国王长长的名字“吉美·格萨尔·纳杰·旺楚克”，让我感到很惊讶。及至长大又数度赴不丹，这一切，只能用缘分来解释了。

三上虎穴寺，两次在冬季，一次在春季，沿途景象各有不

山上的虎穴寺，云雾缭绕，如仙境一般

五彩经幡，山间飘扬

同，圣地还是一样的高洁。除了第一次中途一个小时以马代步外，接下来的两次都是徒步登顶，沿着陡峭而狭窄的泥路去瞻仰圣地，那壮丽的寺庙群高悬于头顶3300米悬崖峭壁之上，看似近在眼前，实则要经过艰辛的跋涉才能抵达，像极了人生路上的修行，有苦也有乐。

有着数百年历史的虎穴寺，原有建筑于1998年毁于大火，后重建修复而成。传说公元747年，创立了藏传佛教宁玛派的印度上师莲花生大士骑着一只老虎飞临帕罗河谷，在悬崖上的岩洞里静修三个月，岩洞即如今虎穴寺所在。在不丹人心目中，莲花生大士是此生或来世的救渡者，将佛法传入不丹的第一人。生于印度西方邬丈那国（于今巴基斯坦境内）的他，因从莲花中出生，得名“莲花生”。如今虎穴寺上供奉着莲花生大士的怒形化身，足踏一尊雌虎，传说这座佛像曾经开口说话，要人将他从故都普纳卡送到虎穴寺。

数百年前虎穴寺的修建者是不丹历史上高山仰止的人物——当时的世俗首领第悉丹增·拉布杰，他除了主持修建佛教

让灵魂紧跟脚步，一起走向心中的圣殿

圣殿虎穴寺，还在廷布河谷重建了不丹的佛学院登古寺。令人称奇的是，数百年后丹增•拉布杰的转世灵童被偶然发现。这个过程在不丹王太后的《秘境不丹》里有详细的叙述。

据称在一次公众集会上，一个举止老成的4岁小和尚径直走到四世国王面前，与国王进行了一番非同寻常的对话。他跟国王说他们以前见过面。“根据您的命令我修建了虎穴寺。”小和尚说，然后又平静地加了一句：“我想去登古寺。”国王问：“你为什么要去登古寺？”“我有东西落在那里。”他回答，“而且我还要去会我的罗布和乌加（后来证实这两位是前世丹增•拉布杰生前的僧仆和亲密伙伴）。”还有很多令人匪夷所思的巧合，如小和尚报出的父母的名字是他的前世丹增•拉布杰父母的名字。小和尚虽年龄幼小，但患有白内障，视力很差，而他的前世丹增•拉布增临终前已经双目失明。他能说出前世及有亲密关系的人的种种细节，能精确地指出一个已经消失多年的重要宗堡的所在，还有前世静修的地方和住过的卧室。

失火的虎穴寺历经七年重修后开光，三个世纪前主持修建寺庙的那个人，他的转世灵童，在300年后这个重大场合中出现，并主持了庆典。在不丹，普通老百姓津津乐道于各种转世或来生的话题。例如我那位十数次攀登虎穴寺的朋友，有时候也会开玩笑地说，自己的前世可能是出生于不丹，说不定还是王室的成员，有着未了的心愿，要不然怎么能解释她此生会频频出入这个神秘佛国。这番话如果让一个不丹人听到，他们也一定深以为然。

在不丹这片国土上，每一个人都是虔诚的佛教徒。虽然作为芸芸众生里的一员，不可能知道或决定自己从哪里来（前世），却明白未来（来生）可以往哪里去，因此不丹人不分男女老幼，大多拥有一份平和的心态，在生活中安贫乐道。他们信仰的竹巴噶举教派讲求清净、朴实及苦行的美德，依此证悟的成就者无数，很自然就拥有了可以坦然接受和面对生活起落的智慧。

“证悟”的狗儿山中自在眠

香蕉叶盛宴 寺庙里的 一道环保餐

世俗生活离不开的一日三餐

在过去的一周，你在家吃了多少餐饭？世俗生活里的一日三餐，在不丹却是连活佛也要关注的问题。不丹活佛宗萨蒋扬钦哲仁波切建议他的信众，一周之内应有三天在家吃饭。我在不丹，不止一次听不丹人说过，能在家里吃饭是一件幸福的事。我们曾受邀到不丹人家里吃饭，喝酥油茶，吃家常的辣椒芝士，跟着当地人学做“不丹momo”，一种用肉和洋葱芝士做内馅的圆形蒸饺，一切都让人感到非常特别。

我去过北欧诸国，素来注重生活品质的北欧人，为了与家人共进晚餐，宁可放下办公室的工作回家，选择深夜或凌晨再回办公室加班，听说这种生活模式在北欧很常见。印象中，前几年我们也曾一度流行“你妈喊你回家吃饭”的网络语言，足见全世界都一样，不丹也不例外，回家吃饭这事虽小，却关系到个人的生活品质和幸福感。

春天的不丹农贸市场，食材供应充足，鲜翠欲滴的蔬菜勾起我们同行的几位主妇朋友大展厨艺的欲望。既然来到不丹，不如入乡随俗，听活佛的话，自己给自己做餐饭吃。短短十天的旅途，饱受舟车劳顿的我们，居然见缝插针做了两次丰盛的饭菜，一次在餐馆一次在农家，我们各自拿出看家本领，操起锅碗瓢盆，晒出花式厨艺，蔚为壮观地上演了一出中国大妈抢占不丹厨房的好戏，场面犹如央视的“厨房争霸赛”，连不丹人也忍不住好奇围观。同行的朋友来自天南地北，最终上桌的菜居然有中国好几大菜系的影子，大家笑称，沪菜、粤菜、江浙菜、潮菜差不多都凑齐了。

在帕罗戒楚节上，不丹人喜欢自带精心烹制的食物，一家老少席地野餐。可以说，野餐也是节庆的例牌节目。虽说是野餐，但菜品和食具一点也不马虎，他们在草地上铺上一张干净的垫子，摆上所有食物，大家围坐一起享用。不丹人吃饭实行分餐制，每个菜都配有一把公用夹子，各人按喜好和食量夹菜到碗里，汤用小木碗盛好，不够再续，很少有浪费。实在吃不完的米饭，会拿去喂街边的野狗。

我们了解到，即便在不丹这样推崇慢生活的国家，传统的生活方式也在慢慢发生变化。导游Kinley家住在帕罗郊外，像

自栽自种，自给自足，随意自在

家居生活，人间烟火，即是幸福

很多传统的不丹家庭一样，他们兄妹四人和父母生活在一起，因为Kinley的弟弟前些年被政府公派到斯里兰卡学医，哥哥娶妻生了一双儿女，多年前已经搬出去住，开旅游车的父亲经常外出，他本人也搬到首都廷布居住，家里大多时候只有妈妈和妹妹留守，一家人朝夕相处的时间比以前少了很多。Kinley颇为失落地告诉我们，以往他们一家至少每周有一次野餐，现在已经减少了很多。

家居生活，人间烟火，即是幸福。我猜测，不丹活佛倡导大家多回家吃饭，即是向普罗大众传递这种朴素的幸福观。血缘与亲情，有时就是同一屋檐下同吃同住这么简单。“一粥一饭当思来之不易，一丝一缕恒念物力维艰。”对于耗费心血亲手种植和烹煮的食物，我们总是怀有感情，因此格外珍惜，不舍得浪费。

佛家文化里有慈悲和节制的理念，浪费是一种罪过，人为糟蹋环境更是罪孽深重。不丹是我行走多地，发现遏制白色污染最得力的地方之一，早在1999年就颁布“禁塑令”的不丹，当地人喜欢用布袋或纸袋来包装东西，游客用完的矿泉水瓶会被再利用，做成祈福的小转经筒，瓶盖改装成小风车，瓶内装有经文纸，风一吹过，转经筒跟着转动，象征诵读经文千百遍，积累无限功德。在不丹，佛家的“慈悲”用来解释社会的公平共享和可持续发展，“万物有情”的观念来诠释环保的必要性，用“业报轮回”的道理来遏制贪腐，这样的教诲更容易深入人心。

在不丹东部，有一个名为香蕉叶盛宴的社区项目被BBC拍成纪录片。宗萨蒋扬钦哲仁波切小时候住在东南部德瓦塘，那里有座小小的寺庙。成年后的活佛时不时回去为乡民做祈福仪式。一次活动结束之后，活佛却发现地上满是白色的塑料垃圾。

于是他发起了一个社区项目，鼓励人们减少塑料包装制品的购买。他倡导不丹人一周至少有三天在家吃饭，目的是在当地实现零垃圾。他尝试让信众完成一道名为香蕉叶盛宴的供

幸福，有时就是家人相聚一起吃饭这么简单

养，乡民用亲手种植的高山红米、萝卜、土豆、辣椒，配上不丹最受欢迎的芝士烹饪而成，再用洗净抹干的香蕉叶包裹食用。大家心情愉悦地一起做饭，一起在佛前供养，一起享用食物，整个过程被拍成视频，结尾处一位身穿藏袍的喇嘛面对镜头粲然一笑，露出洁白的牙齿，典型的“不丹式微笑”，诠释着世间最动人的温暖。

仁波切说，这是要证明给大家看，远离各种包装食品，我们其实也可以活得好好的。环保并不意味着要克制，或者某种贫乏，它仍然可以是富裕的、美妙的、丰盛的。当你拥有“这样就足够”的态度时，那么要拥有得体又优雅的生活，其实是很容易的。

不论是寺庙里的香蕉叶盛宴，还是活佛倡导的常回家吃饭，都是在传递一种朴素的幸福观，即便已经过了为衣食忧虑的年代，也要尽量保持一颗可以为点滴小事感到喜乐的心。

不丹的环保转经筒

写下最美情诗的仓央嘉措祖先是不丹伏藏师

仓央嘉措和不丹国王都是伏藏师贝玛林巴的后代

在翠绿松柏装点的不丹国境中
这位守护者统领着世俗与宗教的传统
他是不丹的国王——珍贵而至高无上的君主
愿他能长存不变而王国昌盛繁荣
愿证悟的教法能茂盛辉耀
愿和平幸福的阳光能遍照所有的人们

不丹富毕卡山谷，岗提小学的孩子们为我们唱起了国歌。富毕卡山谷是个U形的冰河山谷湿地，海拔3000米，也是黑颈鹤的栖息地，每年来自青藏高原的黑颈鹤为了避寒，通常在10月底南飞至不丹，翌年2月中归巢。

正如歌中所唱，春天的不丹满目苍翠，这个袖珍国家有75%左右的国土覆盖着森林，我们所处的这所乡村小学校舍，也被一片绿色的田野所包围。清晨，漫步于富毕卡山谷，远处的山峦抬头可见，上面挂着一道道融化的雪水，汩汩注入山谷的溪涧，一路奔腾流经我们脚下。绕过溪涧，穿越弥漫着雾气的密林，前面是一片山坡，开满了不知名的紫色小花。再往山丘上走，是扬着经幡的寺庙，身披僧服的小喇嘛从我们眼前飞奔而过，黝黑的脸庞上露出腼腆的笑容，一双眼睛特别地清澈无瑕。

我们走到高处的山丘，放眼欣赏着底下的山谷美景。但见冬尽春回的日子，梨花盛开，粉的白的，一树树开得灿烂，映衬着古朴的宗堡和寺庙，而远山、宗堡和繁花倒映在清澈的溪流间，亦真亦幻，恍若世外仙境。走在乡野之中，四顾无人，唯有爱凑热闹的野狗三两只，尾随在我们身后。乡间的泥路上，忙完了农活的老牛躺在路中间打盹，看起来自在得很。

活在一个不杀生的国度，苍蝇不给打鱼儿也不给抓，牛羊们的幸福感大概也要比同类高出许多。不过，也许自由散漫惯了，这里的牛儿羊儿喜欢乱闯禁地。就像我们拜访的岗提寺，大白天用木栅栏关紧大门，防止淘气的牲畜入内捣乱，信众和寺中僧侣只能跨过旁边半人高的泥墩出入。

耸立于山丘之上的岗提寺，是不丹

春天的不丹满目苍翠

天上的白云聚了又散，散了又聚，人生离合也是如此

唯一的红教宁玛派修行寺院。传说莲花生大士的五大伏藏师贝玛林巴曾到访富毕卡山谷，并预言此地将建成一座佛寺。贝玛林巴圆寂后，他的转世以身、口、意三种身份分别出现，一百年后，身的转世果真在这个与世无争之地建造了佛寺，即今天的岗提寺，并成为第一任仁波切，在此地播撒佛法的智慧种子。贝玛林巴圆寂一百五十年后，家族里诞生了另一位著名高僧——写下大量动人情诗的六世达赖仓央嘉措。而现今的不丹国王，也是这位高僧圣贤的血脉。

在佛教文化里，伏藏是指宗教受难时藏匿起来，日后重见天日的宗教精髓，包括书藏、圣物藏和识藏，书藏指经书，圣物藏指法器、高僧大德的遗物，而识藏则指某种经典或咒文在遇到灾难无法流传时，由圣者护法授藏于某人的意识深处，以免失传，又称心间伏藏。在等待时机因缘成熟时，会由特定的被预言的对象、证悟很高的修行者取出，这位取出伏藏的人，就是伏藏师。

伏藏师贝玛林巴1450年诞生于不丹中部布姆唐的一个小村庄，他从小跟随祖父学习锻造工艺，直至27岁那年的一天，突然梦见一位僧侣交给他一卷秘密经文，要他去某地掘藏，贝玛林巴醒来之后，来到梦中指示的地方，果然取出了伏藏法宝。

在他的一生里，分别于18库藏中取出32部伏藏法，破译了密教中女性本尊所写经文的秘密含意，并译成文字，这些教法被完整地传授至今。有关他取出伏藏的故事至今仍为不丹人所津津乐道。有一次，得知他要取伏藏法宝的消息，人们纷纷前来围观，当地长官却指控他在耍弄骗术。为自证清白，贝玛林巴在众目睽睽之下，手举火把向大家宣告："如果我真的是莲师授记的伏藏王，那么我跳入湖底取出伏藏时，火把不会熄灭，否则，就让我葬身于湖底！"贝玛林巴跳入湖中，久久未出湖面，正当众人疑虑之际，只见他出现在巨石之上，手中火把依然明亮，手上还捧着一尊伏藏的雕像和一个伏藏宝箧。

贝玛林巴取出伏藏的火焰湖位于中部的布姆唐，我们也曾循踪而至，只见碧绿深邃的湖水中央立着巨石，湖面之上蒸腾

一个人走在朝圣的路上

着雾气，远处可闻瀑声阵阵，果真是个不凡之地。在佛教圣迹火焰湖畔稍坐了片刻，脑海里浮现的是衣袂飘飘的伏藏师手举火把浮出湖面的一幕。在不丹，我们沿途所经之处的不少山岩或洞穴，都被指认上面有莲花生大士到访留下的足迹和印记，对于不丹人而言，那些都是特别珍贵的圣地，不能有半丝不敬和亵渎。

数度走访不丹的日子里，我最喜欢在晨曦初现之际，欣赏浓雾笼罩下的不丹中部腹地景色。那缕缕云烟下若隐若现的山岚、深谷和人家，还有流传久远的佛教转世轮回的故事，以及无处不在的神祇和圣地，都深深地吸引着来自现代都市的我，一次又一次地飞越喜马拉雅山脉的峰峦叠嶂，去探访这个神秘佛国，追寻它的前世今生。每次才刚离开，就已经开始想念。

山中方一日，人间已百年

高悬于山上的闭关房里面有僧也有俗

手持转经筒的不丹妇人

“佛子，如同草上将熄灭的火一般，涅槃并非最殊胜者。你应该为了众生的利益而留在轮回中，来完成对众生的广大利益。”这一段来自不丹法王顶果钦哲仁波切的开示语，读后让人顿觉心中澄明，如若此生的跋涉是为了奔赴下一站的美好，那又何须执着于眼前的苦乐与得失。这位备受敬仰的宁玛派佛教大师，一生先后闭关二十余年，每天传法几个小时、长达半个世纪之久。他静修的关房位于不丹帕罗，相传由藏王松赞干布下令建造的祈楚寺。顶果钦哲仁波切圆寂之后，骨灰灵塔供奉于祈楚寺之内，信众经年累月的朝拜将木地板磨成凹槽，那上面赫然是一对脚印的痕迹。

帕罗四面环山，每一座山峰上，都有闭关的隐士，他们的关房高悬在陡峭的山崖之上，闭关人与世隔绝，日常禁言、谢客，期间素食、静坐、阅读、精进、持戒。闭关结束后重又返回阳光之下。有终生闭关者，有闭关三年三月又三周者，也可

色彩斑斓的壁画，关乎佛教的主题

选择短期的闭关三月。山道迢迢路难行，就连输送日常用品的护关人，也得具备一定的毅力和恒心才行。当然，如果你只是一位旅者，也可以在当地高级酒店开设的豪华闭关房里，参加短暂的灵修课程，舒适地静修几日。

导游Kinley随口向我们提起，他的妈妈大概明年也要去山上闭关修行一段时间。我们对这个话题感到相当好奇。要知道在不丹，大多数家庭都是女人当家，当家人突然放下一大摊子的事去闭关，家里的男人会同意吗？地里的农活怎么办？日常饭食谁来做？当然，这一切都不是问题，在不丹，所有人和事都要为此让路。因为不论僧俗，如果一生中没尝试过一回闭关的滋味，那这辈子一定称不上圆满。

我们去过Kinley的家，他家二楼靠近卧室处有一间精心布置的小佛堂，佛前供着色彩鲜艳的酥油花，壁上挂着精美的唐卡，地板被擦洗得锃亮光滑。Kinley的父母每天凌晨四点就要起身在佛堂打坐诵经，经年累月，从未间断。Kinley的父亲有时会开车外出接活，不论多劳累，早晚的功课也要坚持。他们相信，今天种下的善心和善因，未来一定会有美好的结果。此生积累的无量功德，也将一同驶向生命的彼岸。因为注重修行，大多不丹人，他们或许不见得很满意眼前的生活，但都心存善念，少有戾气。

不丹人并不避讳死亡，寺庙里色彩斑斓的佛教画像，有关死亡的主题描摹得极其详尽细致，六道轮回惟妙惟肖的图案，还有大型节庆上模仿死亡的祭祀舞蹈，伴着似乎是从地界传来的长号声，在我们这些外来者眼里着实感到有些瘆人，但在不丹却是老少皆宜的节目，大家司空见惯，没有任何不祥之感。生命的轮回确有其事吗？“当然是真的，我确信。”这个二十出头的小伙子没有任何迟疑地给出了回答。

“死亡不过就像是扔掉件旧衣服。”一位佛教徒说。只是，当我们面临生命的消逝和亲人的别离时，仍止不住地悲伤。在我们最近一次去不丹，一向乐观的Kinley却似乎有些沉

生命轮回也如季节更替自然变幻

默寡言，原来他最亲爱的外婆刚刚因病离世。按照当地风俗，家中至亲过世，会在指定的重要日子祭奠亡灵，以引领逝者往生投胎，期间家里人会谢绝一切娱乐，包括歌唱舞蹈。亲人会把备有经文的经幡系在竹竿上，竖立在风吹来的地方，每当风扬起经幡，就相当于为往生者诵经千百遍。

山谷中猎猎飘扬的经幡，山脚下流水推动的转经轮，大小不一的玛尼堆，岩壁上的神迹，在不丹旅游，除了悦目的自然风光外，每天都能接触到佛教文化的各种元素。寺庙、宗堡也是每天必进，不由自主地跟着当地人一起，心怀虔诚地叩头、祷告。中部布姆唐的塔辛姆寺，是红教宁玛派在不丹最重要的寺庙，庙里一件铁环衣相传为伏藏师贝玛林巴亲手铸造，信徒套上这件铁环衣，绕佛寺走廊走上三圈，可消除业障和无明。套上这件重达25公斤的铁环衣，我们走完第一圈已觉脚下踉踉

有经幡飘扬的地方，就有祈愿

春天的帕罗河谷草木葱茏，空旷寂静

跄跄，足不成步了。而Kinley的父亲却步伐坚实，眼神笃定，坚定地走完了三圈。

既知来路，又明去处，脚下的路走起来就多几分从容，少几分惶惑。离开不丹多时，当时这位长者背负沉甸甸的铁环衣稳步前行的那份坚定，至今仍历历在目。

生/活/在/别/处

时光在此停驻

『从前的日色变得慢，车，马，邮件都很慢，一生只够爱一个人。』因为一封来自不丹的书信，回忆起从前读到的这段文字，顿生几分熟悉与亲切。

如何在不丹煲一锅广式老火靓汤

在不丹吃“苦”

自从在普纳卡的集市上看到不丹本土产的苦瓜之后，我们同行的美食家琴就一路念叨着要煲一锅广式排骨苦瓜汤来解解馋，听得我们两个小吃货不住地吞口水。因为养在高山，日照充足，又有喜马拉雅山谷未经污染的水源滋养，不丹的蔬菜自带天然味道，入口难忘，我们几个老饕一路上差点就变成素食主义者了。

不过，想在不丹煲一锅排骨苦瓜汤也不容易。不丹人信仰佛教，不杀生，连苍蝇蚊子都不能打，鱼儿也不给抓。境内没有一家屠宰场，只有少量从邻国尼泊尔或印度进口的冻肉，所以并没有新鲜排骨这种食材，巧妇难为无肉之烹，单单有上好的苦瓜是断然熬不了好汤的。再说了，即便食材齐备，旅途中又去哪找齐锅碗瓢盆这些炊事工具呢？

好在上天是不会吝惜给爱煲汤的女人一显身手的机会的。离开不丹的前一天，导游特邀我们到他帕罗的家里做菜吃饭、洗石头浴，这是不丹人待客的最高礼遇了。导游说，能回到家里和亲人一起吃饭是最幸福的事。

我们先跟着他到帕罗的农贸市场挑选食材。帕罗的集市看起来不小，十几家摊档连在一起，人不多，地上很干净，但没有看到肉档。摊档上卖的都是当地人刚从地里采摘的果蔬，新鲜得能看到叶子上的露珠。我们买了芥蓝、花菜、茄子、番茄，当然，煲汤用的苦瓜是少不了的。

导游的家在离帕罗七八公里的郊外。远远地看到一幢三层结构的藏式房屋立在旷野之中，门前一条蜿蜒的小溪穿过，周围是成片的农田和黛色的远山。已过了立冬时节，地里的水稻已经收割，只剩下光秃秃的田头，间或飞来几只鸟儿在田间觅食剩谷。

进到他家，柴火炉上铁锅的水已在冒泡，端上来了一人一碗酥油茶，还有两碗香香脆脆的炒米。这是不丹人待客的第一道茶。刚喝完没多久，又来了一碗冒着热气的牛奶，又香又浓，我们盘腿坐在木窗前，边眺望窗外的蓝天白云，边品尝不丹人的友善和情谊。

简简单单做了几个菜

Kinley家的屋后种有几百棵苹果树，可惜已经过了采摘的季节。好在地里的蔬菜仍四时供应。午餐，他的妈妈和妹妹用了自家种的萝卜和南瓜还有鸡蛋，做了菜肴款待我们。大家像一家人一样，盘着腿围坐在一起用餐。Kinley的爸爸年轻时是不丹面具舞的老师，曾率队出访法国、日本，我们碗里绵软清香的米饭就是他亲手用新稻碾制而成的。

晚餐时分，就是同行中最擅厨艺的美食家琴大展身手的时候了，念了一路的排骨苦瓜汤就要进入实操阶段。琴哐哐几下，用砍刀将苦瓜齐刷刷地砍成一截截，因为没有新鲜排骨，切了几口冻肉代替，撒下蒜头再加水，放在大锅里先用猛火而后再调小火慢慢地熬。

不丹的家庭，男主外女主内，但男人回家也会做家务，下厨洗衣带娃，没有一件不会。不丹的家庭仍遗留母系社会的痕迹，男人婚后一般会离开父母到外面住，女人反而可以继承家

不丹人待客的酥油茶

能仰望蓝天白云的不丹农家浴池

里的大部分财产。不丹人注重亲情，长大后各自成家，也会住在父母附近，方便互相照顾。

为了让我们能在大冬天里泡上温暖的石头浴，Kinley的哥哥专程从外面回家，帮忙烧了一整天的石头。我和苏苏换好泳衣，准备妥当，石头刚好烧得通红。

Kinley的妹妹用铁叉夹着好几块通红的石头放到木制浴缸里，很快整缸水都暖乎乎的。我们在冬日黄昏下，泡在室外的热水池里，望着暮色中的远山，耳畔是山风吹落树叶的沙沙声，感觉无比惬意。

泡完了石头浴，该准备晚餐了。同行的苏苏是潮汕巧媳妇，跟着Kinley的妈妈和妹妹一起学做不丹饺子momo。平时最疏于厨艺的我鼓捣了好一会，做了个清炒芥蓝和番茄炒蛋。这时，大厨琴煲的苦瓜肉汤也终于开锅了，顿时香气四溢。

我们三个人，在遥远的神秘王国不丹，和当地人家一起烹

不丹石头浴

制和享用这难忘的晚餐，不丹的饺子momo，不丹的土豆炖肉，不丹的辣椒芝士，还有我们中国的广式苦瓜肉汤、潮式番茄炒蛋、清炒芥蓝。

那晚告别了热情的Kinley一家，走到冬意凛然的户外，抬头只见满天星斗熠熠生辉。记忆中，这样的星空这样的夜色，应该是在孩提时代的故乡，躺在外婆怀里数星星的时候看到的吧。离开不丹前最后一顿晚餐，饭菜可不可口已经不重要了，不丹人的情谊永远地记在我们心头。

狗的世界里
也在纠结
进城还是返乡

特色浓郁的不丹电影院

旅途中难得的闲暇，在廷布逗留的一个夜晚，冒雨赶去看了一场电影，这次终于如愿。

整个廷布仅有三家电影院，对于人口不到十万的首都已经足够多。我们去的这家影院相当于中国的小型影院，有红色软座，楼座包厢，大屏幕播映，门口有爆米花售卖，隔壁还有一家书店，灯火特别明亮。

当晚几乎满座。250努的票价，相当于25元人民币，看了一场两个半小时的电影，中场休息十分钟。以男女爱情为主题，融入不丹美丽的自然风光和赏心悦目的歌舞，虽然故事看了开头，已大概知道结尾，但我们这些来自远方的旅行者仍饶有兴致地看完了。因听不懂不丹的宗卡语，很多情节只能靠猜，细心的导游给我们做了同声传译。现场笑声不断，我们一头雾水，原来电影里夹杂着一些不丹人喜欢讲的俏皮话，让人忍俊不禁。

不丹的电影院自20世纪80年代后期开始流行，那时的不丹没有电视，也没有网络。早几年，影院主要放映宝莱坞或好莱坞的旧片，而现在只放映不丹电影，据说这是政府为了保护本土文化的举措。不丹一年大概产出电影数十部，受邻国印度的影响，多数电影沿袭宝莱坞式爱情故事的套路，其中掺杂着不丹特色的佛教文化。

对于一个七十多万人口的袖珍国家，这样的电影产出量已属不易，但如此一来，电影里晃来晃去的都是那几张熟悉的面孔，有些当红明星就是在座观众的同学、朋友或亲戚，反正超不出这个圈，拍摄地通常也离不开那几个景点，对于不丹年轻人来讲，显然吸引力不足。作为外地游客的我们，在结束了一天的游览之后，最佳的选择就是回酒店上网刷朋友圈了。

身边的美景，总是容易被忽略

不丹是世界上最后一个开放电视和网络的国家，1999年才引进电视。相比于我两年前初访不丹，感觉不丹的网络越来越顺畅，几乎每家酒店都有WiFi，出门有移动3G、4G信号，不丹的年轻人除了使用Facebook，还喜欢用微信，尤其是与中国人打交道比较多的旅游从业人员。

廷布作为世界上最小的首都之一，南北距离只有5公里长，东西最宽处仅不到2公里。白天的廷布汽车穿梭不断，街上大型的汽车4S店正在修建。到了夜晚，钟楼广场附近的道路两旁停满了车。可以预料，堵车、停车难等“城市病”很快也会找上廷布。而在半个世纪前，不丹还没有现代公路，那时的印度总理到访只能骑马沿着崎岖山路入境。第一辆汽车开进廷布是在1963年，那是一辆印度产威利斯吉普型客车，当时的不丹人出行还得靠马、骡子或自己的双脚。从中世纪状态直接跳进现代社会，这个过程不丹走得很快。

当晚我们住的酒店位于半山，清澈的溪水从窗外蜿蜒流过，远望是山顶的巨型释迦牟尼像，窗前是廷布的体育中心，再往前是层层叠叠的民宅，都是依照传统的不丹建筑样式而建。清晨推窗而出，廷布山谷雾气氤氲，白云缭绕，虽然这里

首都廷布，不丹年轻人的向往

不丹宁静的乡村生活

是不丹最繁华的首都，但仍难得地保留着尘世之外的静谧。

首都廷布的房子明显比两年前密集。夜晚的廷布钟楼广场附近人来人往，日用品店和布匹店灯火明亮，咖啡馆、饭店里聚着人气。不丹的年轻人也向往着外面世界的精彩，廷布是他们认为最接近现代文明的地方，因此争先迁居首都，这也是廷布变得拥挤的原因。

我们在廷布看的这场电影，说的就是一个年轻的不丹女孩因家中遭遇变故，从乡下来到首都廷布发展的故事。几乎每部电影都是现实世界的写照，电影里出现的苹果电脑、iPhone手机、破洞牛仔裤，如今在廷布也很受年轻人追捧。

德晨原来住在不丹东部的乡下，举家搬至廷布后，每月要多花1000多元人民币租房居住，相当于很多不丹人一个月的收入，但可以享受更为便利的生活和丰富的物产。走出国门的德晨，如今见识了远比廷布丰富的现代文明，但她反而更珍视本国的传统文化，她喜欢在一些场合穿上国服琪拉，接受人们好奇和羡慕的目光。

在很多地方，随着现代文明的到来，传统文化的消亡似乎无可避免。而在不丹这个袖珍国家，面临的挑战更大。不丹活佛宗萨蒋扬钦哲仁波切拍摄的电影《旅行者与魔术师》，讲述的也是一个年轻人因厌倦传统的乡村生活，前往理想中的梦土寻找机会的故事。“一般人总认为对面的草地比较绿。”我们总是忽视眼前的所有，而去追求一些不属于自己的东西。仁波切在这部电影里讲述的主题是如何挑战迷恋，包括对物质和情欲，以及所有求之不得的事物的迷恋。

入夜的廷布城是狗的世界，狗吠声整夜不绝。传说中狗是人死后的亡灵引导者，信仰佛教的不丹人，十分善待狗，以至于廷布城中狗满为患。不丹有一本小说《DAWA》，讲的便是狗的世界的故事。一只叫DAWA的狗，从帕罗穿越山谷，跑到首都廷布去寻找远大前程。在狗的王国里，DAWA凭借自己练就的悠长凄厉、充满感染力的嚎叫本领，成为每晚带着群狗嚎叫的领袖，但争斗、恶疾等厄运随之而来。

DAWA最终离开了繁华的廷布，逃离了权力杀戮的命运，回到遥远的山中静修之地，最终找到了身为一只狗的幸福。可见，现实的世界里并不存在百分之百的完美，得到总是伴随着失去。阅尽他处的美景美物后，眼前的所有才最值得珍视。

山中的清静之地

在幸福之地定制一张专属个人的邮票

徒步送信的不丹邮差

位于首都廷布的不丹国家邮政局，是外来游客打卡必到的地方。三月的廷布，天空蓝得醉人，去往邮政局的路上，一簇簇紫藤花开得正茂盛，穿着琪拉的女孩从紫藤树下缓步走过，前面街道挂着五世国王一家的巨幅照片，后面一幢小巧的传统藏式建筑物，就是不丹国家邮政局所在。

初访邮政局的外国游客，一定会被门口一只一人高的古老英式红色邮筒吸引。在这个随处可见转经筒、经幡和僧人的神秘佛国，也是世界上最后一个开通网络的地方，此前很长时间，人们的通信一直依赖于书信的往来。境内都是崇山峻岭的山地国家不丹，以往从东部塔西冈寄信到首都廷布，邮差信使要在路上走两个月之久，从印度新德里寄信到不丹西部帕罗起码要14天，这并非天方夜谭，而是真真切切地发生在20世纪60年代初的不丹。

拥有70万人口的不丹，目前手机用户已接近60万。现代通

打手机的喇嘛，佛寺也并非完全与世隔绝

讯发展的同时，不丹邮政的个人通信业务并未退出历史舞台，因为向外国游客推出的一项有趣服务，首都廷布这个小小的邮政营业厅每天都门庭若市。你可以在这里为自己或朋友定制一枚专属于个人的邮票，贴在明信片上盖上邮戳，寄往你想要送达的地方。还可以穿上琪拉或帼，站在绘着以不丹虎穴寺为背景的墙壁前面拍照，将在这个幸福国度的美好瞬间定格在方寸之间的小邮票里。我第一次赴不丹邮政局定制的邮票，一直舍不得寄出，合在书本里当书签，也是很别致的。

不丹邮局里的小型博物馆，是我参观过的最有趣的博物馆之一。里面展览着各种材质、形状和创意设计的新奇邮票，即便是资深的集邮爱好者也是闻所未闻，隐迹于喜马拉雅山下的袖珍国家不丹，原来还是全球闻名的邮票大国，历史上发行的多套邮票都创下世界之最。

如发行于1966年、为纪念不丹国王发行的首套金箔邮票；发行于1968年，世界第一张有压纹与质地的油画邮票；发行于1969年，介绍世界钢铁生产史的钢箔邮票；发行于1969年，印在丝织品上的佛教画丝织邮票；发行于1971年，世界首创的由塑料制成的浮雕邮票；发行于1973年，世界上第一张有香味的邮票。专业人士花了一年多时间研制，他们在油墨中添加玫瑰花的天然香气，让多款印着玫瑰花的邮票，散发出各种不同香型的玫瑰花香。云中谁寄锦书来，试想想，收到这样一封来自世外桃源般神秘的国度，散发着淡淡玫瑰花香的信件，是一件何等让人期许的雅事，信件还未拆封，已然令人陶醉。

世界第一枚3D立体邮票（1967年）也是不丹发行的，1973年根据美国人托德（Burt Kerr Todd）的建议，不丹发行了世界上首套唱片邮票，被集邮爱好者抢购一空。这套邮票除了可以贴在信封上邮寄，还可以在唱片机上播放，人们能听到里面录制的不丹国歌、民歌和历史介绍。一枚盖上邮戳的小小邮票，翻过喜马拉雅的崇山峻岭，通过信件的传递漂洋过海去到世界各地，宣传世人未知的不丹。

不丹发行的金箔邮票

五世国王和王后订婚发行的纪念邮票

出生于美国匹茨堡钢铁世家的托德早年在英国牛津大学留学时认识了锡金公主格桑·曲登。这位美丽又受过良好教育的锡金公主，就是现仍健在的不丹太王太后。她的丈夫是不丹三世国王、“不丹现代之父”吉美·多杰·旺楚克。

当年的三世国王思想开放且兼具远见，希望带领不丹脱离封闭进入国际社会，于是采纳了托德的建议，通过发行各种独具特色的邮票，以此提高不丹的知名度。事实证明此举对于与世隔绝的不丹意义非凡。1962年不丹发行首张国际邮票，引起集邮界瞩目，此后一直以材质和创意新奇闻名，不丹邮票因而成为这个国家重要的外汇收入来源。

托德本人和不丹的缘分延续到了下一代。2008年不丹旺楚克王室百年纪念，托德的女儿为不丹设计了世界第一张会说话的CD邮票，每张CD邮票直径8cm，播放时长约8分钟，正面是五世国王加冕的隆重场面，这张CD邮票放在一个封套里可以贴在信封上寄出。一枚不起眼的邮票，记录了不丹王室的变迁，宗教、民俗、美食、风土人情，称得上是不丹这个山地小国，半个世纪前走向国际最为成功的一款文创产品。几度去不丹，我都喜欢到邮政局，挑选几张异域风光的明信片，贴上个人定制的邮票，寄给国内的亲友。

记得有一次从不丹回国已半月，突然接到好友英子的来电。电话那头传来熟悉又清脆的声音："亲爱的，我收到你从不丹寄来的明信片了，太开心了！"我们同住一城，彼此都忙，平时连电话都懒得打，所谓见字如面，因为这封迟到的书信，两个人在电话里畅所欲言地聊了好久。"从前的日色变得慢，车，马，邮件都很慢，一生只够爱一个人"。因为一封来自不丹的书信，回忆起从前在书本里读到的这段文字，让人心里顿生几分熟悉与亲切感。

紫藤花掩映下的邮政局

在不丹
小活佛的家里
赛球技

那一天，我闭目在经殿香雾中，蓦然听见你诵经中的真言

那一月，我摇动所有的转经筒，不为超度，只为触摸你的指尖

那一年，我磕长头匍匐在山路，不为觐见，只为贴着你的温暖

那一世，转山转水转佛塔啊，不为修来生，只为途中与你相见

这段让人耳熟能详的经典诗句，相传来自喇嘛诗人仓央嘉措，读之令人动容。没有无缘无故的相遇，也没有无缘无故的分离。不知是哪一世修来的缘积下的德，让我们在离开不丹前的那一天，见到了传说中转世的小活佛。

欢乐常在当下

沿着帕罗盘旋的山路前行，汽车爬上半山，在一处藏式民宅前停了下来。我们一行人被人领着跨进一道简陋的门，穿过一段泥巴路，脱下鞋子进入里屋，再往内还有相通的房间，门上隔着一道布帘，外人无法窥见里面的动静。大家盘腿席地静坐，这时有人端上来酥油茶和炒过的脆米，我们一边喝着酥油茶一边等候，一位穿着僧袍的喇嘛身板笔直，步履稳健，不停地忙进忙出。大约过了一炷香功夫，我们获准进入见活佛。只

见屋里正朝着门口的法座上，端坐着一位小喇嘛，大概十一二岁，身形敦实，朗目宽额，面容庄严，我们手捧白色的哈达，双手合十，依次上前躬身行礼祈福。但见小活佛稚气的脸庞，挂着一幅禅定的表情，一双可以穿透心灵的眼睛，仿佛蕴藏着千年的智慧，非一般的同龄孩子所有。

见过活佛，我们每个人都得到一根彩色细绳，导游嘱咐我们将幸运绳系在脖子上，离开不丹时记得将这份小活佛赐予的吉祥如意带回中国，另外又获藏药一份，黑色小丸装在一个小胶袋里，据称用以泡水喝可保百病俱除。先前忙进忙出的喇嘛将我们送出门口，我们又重新打量了小活佛所住的地方，和这几天在不丹见到的民宅没什么不一样，这应该就是活佛俗世的家，之前为我们端茶倒水的那位穿着琪拉的妇女，或许就是小活佛的妈妈。

走出小活佛家门口，前面空旷的地上竖着一个简易的篮球框，一个长得虎头虎脑的男孩子穿着运动短裤和运动鞋，正独自一人在练习运球投篮。一问才知，原来是小活佛的俗家亲弟弟。小家伙长得

家在青山绿水间

不丹慢生活

很可爱，有着高原孩子常见的结实身板，手里抱着篮球，红扑扑的脸蛋上挂着汗珠，细看脸上的轮廓和五官，与小活佛倒是长得很相像。相比哥哥的老成持重，弟弟完全是一副娃娃脸，开心和快乐都写在脸上。兄弟俩虽说同父母所生，同样的米粮喂养，又是差不多的年纪，因为一方被认定为转世活佛，可以预见两人往后所受的教育，以及人生走向也将是大相径庭了。这不免让人感叹生命的不可思议，冥冥中似乎已经安排好了一切。

因为先前见小活佛时，有诸多禁忌，不允许拍照，也不许大声说话。这一下，大家见到小活佛的弟弟都很兴奋，亲切地上前和他聊天，又是勾肩搭背，又是求合影。小家伙看起来倒是一点不怕生，几乎有求必应，开心地与我们合影完后又去玩投篮了。在小活佛的家门口，我们这群来自中国的大小孩忍不住童心大发，和他弟弟一起组了一支临时篮球队，玩起了篮板球，看谁能投中，玩了好一会，大家才依依不舍地离开。

当天恰逢是我儿子的十七岁生日，十七年前的那个下午，一个小生命呱呱坠地，从此我在人世间多了一份温暖，也多了一份牵挂。当年怀中喂乳的婴孩转眼间已长成翩翩少年，这些年我们一家相伴相携，一起踏遍千山万水，一起阅历人世的繁华与沧桑。不知哪一世转来这么巧的机缘，让我们可以一起在幸福国度不丹，度过这个特别的纪念日。当晚旅行社很贴心地送上了生日蛋糕，儿子在众人的祝福中默默许愿。相信生命里的这一天，一定会被铭记。而我在收获这个身高186厘米的小男子汉给予的一个大大的拥抱后，忍不住热泪盈眶。

转山转水转佛塔，让我们都好好珍惜这一世相聚的缘啊！

此心安处，便是吾乡

幸/福/的/真/谛

和爱人相依于此

『听说有个地方，那里没有嘈杂的声音，没有物质的享受，只有鸟儿的叫声，希望能够和我的女人在这样一个地方生活。』

喜马拉雅山下的帕罗河谷星空为何这般迷人

山道迢迢路难行

夜空下的喜马拉雅山谷，万籁俱静。那黑黝黝的山峦已隐于天际，依稀可见淡淡的轮廓，远处的雪峰在夜色中幽幽地泛着白光，似乎在无声诉说着千百年来人世间轮回的故事。遇上晴朗的天气，抬头仰望也可见繁星点点，如烛光摇曳，似萤火绰绰，镶嵌在喜马拉雅地区的雪峰圣域上空，一眨一眨亮闪闪，犹如神话里的精灵，俯望着人间的万家灯火。

夜幕下的不丹山里人家，挨着山脚筑起的幢幢小巧藏式民居，绘着祥云图案的窗户透出橘黄色的灯火，也如闪烁的星光，照在我们脸上。那温暖的火光，是寻常人家寒夜取暖、围炉夜话的柴火。炉膛里，蹿起的火舌将柴火烧得通红，空气中有淡淡的松柏香味，火光映照的脸庞，透着高原人特有的黝黑和亮堂，黑色的眸子纯净而带着善意，凑近炉火取暖的双手宽厚而粗糙，甚至带着皲裂，那是日复一日的农作留下的印记。

农耕时代的人们，双手依然要承担很多劳动，细到吃的每颗稻谷，穿的每寸布帛，用的每件工具，都带着手工劳动的温度，饱含着对美好生活的期盼，是那样的弥足珍贵。这种来自温饱得到满足的欣喜，因陪伴而倍感温暖的寻常日子，对于浸泡在工业文明和快餐文化里，已经钝化的我们，大概很久没有体会到了。

还记得在不丹西部帕罗农家做客的夜晚，我们告别盛情的主人家，顶着帕罗满天的星光，漫步在蜿蜒的山间小道上。天上的星辰仿若伸手可及，与人间的灯火离得那么近，一时间竟让人分不清，此刻究竟身在天上还是人间。事后每每闭起眼睛回味，仿佛又回到那片星空下，夜依旧静谧，星光仍然熠熠。

帕罗，不丹西部一个人口只有三万多的小镇，因这里建有不丹唯一的国际机场，是游客出入必经之地。昔时莲花生大士

冬天的帕罗河谷。恍若相识的场景，像是我的故土家园

春天帕罗河谷的小桥流水，让人心生亲切

曾骑虎从西藏飞临帕罗山谷，于岩穴中闭关修行。此处圣迹，即今天坐落于3000米悬崖之上的虎穴寺，是入境不丹必游之地，也是万千佛教徒的朝圣之地。

春天的帕罗河谷两岸垂柳依依，清澈的河水从家门口淙淙流过，经幡猎猎在半空飞扬，野狗当道酣睡，阡陌纵横的田野里鸟儿吱喳，美丽的帕罗宗堡抬头可望，不远处是喜马拉雅山脉连绵起伏的群山。群山环绕的帕罗河谷是竹巴人世代生活的家园，亿万年前地壳运动形成的高峰犹如天然屏障，阻断了他们与外界的联系。从帕罗出发，有一条通往西藏的古老驮道，古时候不丹商人会带着大米到西藏帕里宗做生意，路途要走上整整三天。

帕罗宗堡是不丹最美丽的宗堡之一，始建于1644年，它的本名是日蓬宗堡，意为“宝石堆上的堡垒”，相传此地最初为莲花生大士创建的佛寺。这里也是梁朝伟与刘嘉玲的婚纱照拍摄地，帕罗宗堡长长的石级上，一对新人席地而坐，在身着藏红色袍服的小僧人的簇拥下，留下了他们一生中最甜蜜的笑容。

“听说有个地方，那里没有嘈杂的声音，没有物质的享受，只有鸟儿的叫声，希望能够和我的女人在这样一个地方生活。”这是梁朝伟多年前在一张专辑里的独白，多年后他的愿望在佛的国度——不丹实现了。“若她未经世事，就带她看遍世间繁华；若她历经沧桑，就带她去坐旋转木马。”不丹这个旅游地，尤其适合入世已深历经沧海的旅者，我接触到的选择不丹的游客，他们的护照必定已盖满了各国印章。

这里犹如世外桃源般的淳朴、纯净和安谧是多么珍贵，让初进不丹的游客顿生亲切之感，像漂泊已久的游子回归家园，看到的山水和草木，还有每个生活场景都是那么熟悉，可惜惯于埋头赶路前行的我们，不知何时，已将它们一件件丢失。

帕罗宗堡旁边的国家博物馆，珍藏着与佛教文化有关的唐卡珍品，还有面目可怖的节日面具，如果有兴趣的话，可以坐下来听听每个面具背后的故事。从帕罗向东至首都廷布，有一条不丹最著名的徒步线路“雷龙小径”，旧时惩罚不丹战士的一项，就是在一天之内走完这条线路，体力充沛的游客大概可

“宝石堆上的堡垒”帕罗宗堡

以花上五天走完，一路上会经过众多佛寺，领略更壮阔的高山风景，这是我下一次进不丹的旅游计划。

记得上次在帕罗停留的夜晚，住在郊外半山一处视线极佳的酒店，透过窗户可以俯瞰整个帕罗河谷迷人的风光。那天是多云天气，虽看不到天上的星星，但夜色中的人间灯火似满天星斗般，散落于喜马拉雅山下的帕罗河谷，亮着灯的帕罗宗堡像是天上的宫殿飘落至凡间，如仙境般美丽。那个寂静的夜晚，临窗静思的我好久都舍不得离开。

帕罗的夜空，没有在北极圈拉普兰地区巧遇极光爆发的夜晚那样绚烂多彩，没有在意大利罗马古城墙上看到的星空下烟花绽放的耀眼夺目，没有在广袤的非洲大草原上看到的夜空那样的辽阔深邃，也没有驾车穿行在澳洲热带丛林里看到的星空下萤火虫翩翩起舞的神奇惊艳。然而，帕罗的星空却一直留存在我的记忆里，它像极我儿时乡村生活的一个场景，在外疯玩了半天的娃，一个个被大人认领回家。夜归路上，头上顶着的，也是这样的一片星辉。

桥上的风景

心怀虔诚
观赏的面具舞
何止是一场舞蹈

以虔诚之心看一场面具舞

有朋友问我，到了不丹是不是像回到20世纪七八十年代的中国农村。还真有几分像，印象中童年生活的乡村，天是那样的蓝，水是那样的清澈，山是那样的青翠。那时候的我们刚刚实现了温饱，物质也并不宽裕，然而却容易得到满足，夜里悄然而至的一场春雨，家畜宰卖后打的一次牙祭，忙罢农事闲坐静听的一出好戏，赶在大年卅夜前裁好的一件新衣，凡此种种生活中的小确幸，都能让人心里乐呵好一阵子。

我们现实中回不去的故土，记忆中那种物质虽清贫，却可以在日常小事里找到的喜悦和简单的快乐，在喜马拉雅山脚下的这个山地小国恍若重现，每一个场景都让人倍感亲切，犹如穿越回过往。“有的人将不丹描述为贫穷，但我认为不如说朴素更合适，贫穷指的是缺乏必需品，而朴素，是摒弃了不必要的物品。”这是1961年一位初访不丹的印度军官对不丹的描述。事隔半个世纪，它给人们的印象一如往昔，依旧保留着原

樱花盛开，刹那间的芳华

始、淳朴，让人心无杂物。

不丹的节庆，几乎全民参与。在我去过的全球众多旅游目的地中，帕罗春天的戒楚节是我看到的最为传统的节庆。随着山谷里阵阵低沉辽远的长号声响起，在鼓、钹等传统乐器的伴奏下，头戴面具身着鲜艳袍服的赤足舞者，时而俯身，时而飞跃，不停地在空旷的地方跳跃旋转。光着脚的面具舞师，袍服之下露出古铜色的胳膊和胸膛，透着高原人特有的阳刚和剽悍。

人在宗堡的高处俯瞰，舞者飞扬的彩袍像朵朵莲花，在春意盎然的山谷里徐徐绽放。在戒楚节上，可以看到传说中莲花生大士以各种化身降妖伏魔的八种面具舞蹈，还有与佛教相关的各种圣贤传说的面具舞、黑帽击鼓舞、阎王和各忿怒尊神明之舞，都带着浓厚的不丹色彩。在这里，传说观看一次面具舞，不但可以驱走邪魔厄运，带来吉祥和幸福，还能祈求解脱免受轮回之苦。很多当地人自小至大从未错过任何一场戒楚节的庆典，希望借着这样的机会忏悔、清净和祈福。

借着面具舞，我们也了解了一下不丹的宗教文化和历史。八九世纪时，不丹和其他喜马拉雅地区一样信奉苯教，他们认为万物皆有灵，举凡山川大地树林无不膜拜。莲花生大士用不同的舞蹈降伏一众牛鬼蛇神，让其皈依为佛教徒，这是宁玛派的起源。后由西藏转入不丹的莲花生大士以神奇之舞治愈了布姆唐王的病，自此佛法开始在不丹弘扬。

戒楚节的面具舞不仅仅是艺术，也是信仰的一种体现，难怪乎赴会的不丹人都心怀敬仰，可以一整天不挪地，从头看到尾。或许你我并非佛教徒，但也会被这种虔诚之心所触动。这颇像我儿时所在潮汕乡村的游神赛会，庄严而隆重的仪式里，包含着对未来美好年景最虔诚的祈盼。除此之外，每家每户日常的节庆和祭祀隔三岔五，自年头忙到年尾，几乎没有停过，

色彩斑斓的春天戒楚节

我在戒楚节现场

这大概是我们现在常说的生活仪式感吧。在小时候读过的神话故事里，这样的人间烟火气，连神仙都会忍不住流连忘返。

去往帕罗郊外的路上，看到两队射箭手正在田间比赛，两队箭手轮番上阵，剑拔弩张的“厮杀”之中却不乏欢乐。只见不丹男子身上的国服下摆挂着五颜六色的布条，像女孩子跳草裙舞穿的彩色短裙，系在五大三粗的弓箭手的腰上，有的只是围住半边，看着特别喜感，那是他们取得好成绩获得的奖励，命中率越高，腰上的彩布条就越多。每当有箭手射中靶心，他们就会围在一起，手舞足蹈地唱着歌儿。路过的游客也忍不住停下脚步，走进射箭场和他们手挽起手，跟着节奏笨拙地舞动起来，这时候，比赛的输赢结果似乎已不再重要。

此刻若问，你看到的不丹人快乐吗？答案是肯定的。他们幸福吗？这还用说，幸福已经写在脸上了。不丹活佛宗萨蒋扬钦哲仁波切导演的电影《高山上的世界杯》结尾处有一段话：“如果困难是可以解决的，那为什么要不快乐？如果困难不能解决，那不快乐又有什么用？”这部电影描述的是在一个遥远的藏族村落里，一群寺庙里的喇嘛如何让当地人收看世界杯的故事。是的，在外人眼里，喜马拉雅山下的这片土地封闭落后，物质贫乏，就像20世纪末我们曾经生活过的乡村，每每忆起也有诸多辛酸难言，然而我们依然甘之如饴，享有的快乐和满足并不比现在来的少。可为何一路走来，当我们拥有的越来越多，获得幸福感却变得越来越困难呢？或许，我们丢失了在贫困之时所拥有的纯粹和美丽的心灵，失去了在细微之处收获喜悦的感恩之心吧。

舞者和观舞者，都可净化身心

山间的
流水转经筒
昼夜不息的轮转

放学路上的女学生

从虎穴寺下山，行经一处溪涧，掬一捧清泉洗了洗脸。忽见潺潺流水中，一个小巧的转经筒顺着奔腾的水流徐徐转动，没有停歇。自进入不丹境内，每天进出寺院，都要转动这神圣的经筒，每转动一次，相当于念诵经文一遍，经筒转动时传出的清脆声音，在空旷的山野间久久回荡，让人心旷神怡。我们看到的这个小小的转经筒，不知何时起，安设在这郊野的无人之处，日夜转动，经年累月，从不停歇。时光就是在这样的轮转中渐渐消逝，生命何曾不是如此。

来不丹旅游，并没有别处那么多令人目不暇接的人造景观，每天看得最多的是大自然的景色，就像在一幅静止的山水画卷里穿行，一路闻花香、听鸟语，还有溪水激荡的声音，路经几户乡村人家，惹来一阵犬吠，偶遇几张纯净的笑脸。或是脱去鞋履，慢步进入寺庙祈福，心中默默许下愿望。每天的行程安排大抵如此，却一点不觉单调沉闷，愉悦平和的心境，让所有的遇见都变得美好。有时候只需静下心来走一段山路，或是在僻静的寺庙里冥想片刻，也能让人心满意足。

人在不丹，每天抬头可见昼夜轮转晨昏交替的自然景色。我喜欢在中部布姆唐云雾弥漫的山谷里穿过松树林的一段旅程。清晨，露珠滴落发梢，仰头寻找树梢上唱歌的鸟儿，一不留神，头上的遮阳帽上已领得鸟儿的几点“赏赐”。累了坐在溪涧边，看流水昼夜不息推动转经轮，听空中经幡猎猎作响，路经山垭或寺庙旁的玛尼堆，往上面叠加一块石头，寄托一个小小的美好心愿。

相比地球上的许多地方，不丹看起来既原始又落后，国民的幸福感从何而来呢？很多朋友提出疑问，这也是我一路思考的问题。不丹并非真的很“穷”，这里有大自然丰厚的馈赠，

乡村野趣

花丛下走过的不丹小女孩

有充足的阳光雨露，有茂密的植被和充沛的地下水源，换句话说，这是一片受眷顾的土地。佛教信仰让人内心充盈，每个人的心灵都有依托，一直保有的传统文化和节庆，让不丹人的精神生活一点都不单调贫瘠，相反，他们过得比很多现代人更多姿多彩。

行走在不丹，满目青山，这里从不缺乏清新的空气和无尽的绿意，从每天起床打开窗门的一刻，就能感受大自然的盎然生机，感受日月星辰的轮换和大山江河的气息。75%的森林覆盖率使得不丹犹如天然氧吧，很多有过高原反应的旅游者来到不丹，感觉像是来到平原，甚少不适。从另一个角度看，不丹拥有我们日益缺失的优质自然环境，相对于我们的稀缺，他们显得是那么“富有”，以至于你很难跟一个不丹人解释清楚，我们日常所受的雾霾之苦以及由此引发的呼吸系统等方面的疾病。何为穷？又何为富？在不丹，或许这是一个需要重新定义的概念。

还记得那一日在中部布姆唐乡间，顶着高原的烈日在土道泥路上行走，迎面遇上一位齐耳短发的中年农妇，穿着粗布织成的琪拉，脚上一双便鞋沾满尘土，估计刚刚从田间劳作归来，嘴里嚼着槟榔，步履生风走了过来，见到生人也不避忌，朝我们粲然一笑，露出被槟榔染红的牙齿。这种不丹式的微笑，不论在首都还是乡间，不论男女老幼的脸上，都能见到。

“幸福是一种心灵状态。”不丹前首相吉格梅•廷莱说。他还有一段颇为经典的话：“幸福就该是欢喜地出生与养育，有意义与有收获的工作，在满足与保障中老去，在尊严和祥和中辞世。”字字朴实无华，却概括了生命从出生到老死的整个历程。这位美国宾夕法尼亚州立大学硕士毕业的不丹前首相曾在全球二十多个国家的国际会议上，以国家幸福力为主题做专题演讲，他对幸福的这一定义也代表了不丹人的幸福观。

劳作归来的农妇一脸粲然的笑

喇嘛与狗儿

佛说世间万物皆无常，幸福不是欲望的不断累积，幸福是一种内在的自由和超越，幸福的终极是不惑和觉悟。很幸运，不丹这次平常的旅程，让我有了这份关于幸福的觉悟，这是我行走其他国家数不清的旅途中很少有过的。

我从不丹背回五公斤高山大米

不丹红米饭、荞麦面和辣椒芝士

从不丹回国，途经尼泊尔加德满都国际机场，行李过安检时，海关要求打开行李箱检查，之所以获此礼遇，只因箱子里装着一袋沉甸甸的大米，源于不丹高山种植，米粒饱满，香黏糯软，一顿能吃两大碗。还记得那天到不丹农家做客，午饭过后男主人忽然不见了踪影，原来是亲自碾米去了，从田园里新收割的稻谷，带着些许泥土的芬芳，它浇灌过喜马拉雅山的雪水，还有主人家辛勤的汗滴。这五公斤新碾的大米刚好填满了我的大行李箱，就这样辗转多国带回了广州。

去过不丹数趟，发现这里的饭食会让人上瘾，倒不是因为丰盛和美味，而是因为它的香辣。不丹人每家每户屋顶晾晒的辣椒红彤彤一片，那是不丹国菜辣椒芝士不可或缺的原料，吸收高原日月精华长成的辣椒个头虽小却辣劲十足，生咬一口能让整个舌头瞬间麻痹，劲辣的刚烈粗犷和芝士的柔和绵软真是绝配，先前火烧火燎的辣感顿时收敛锋芒，多了股浓郁圆润的

秋天，收割的季节

奶香味，像是铁汉的柔情一面，特别扣人心弦。不丹这道辣椒芝士的做法，让我想起潮汕老家每年的杨梅季，果农喜欢将杨梅蘸上荤油或酱油吃，这样类似黑暗料理的搭配，却有一定的饮食讲究，杨梅酸性强多吃容易伤胃，蘸上油后没了那股凌厉，自然可放心地大啖特啖，与不丹的辣椒芝士同属一个道理。

不丹人的饭量很大，下饭菜不用多，但缺不了这一小份辣椒芝士。在不丹的农家吃过几餐饭，他们喜欢用辣椒配菌菇拌芝士，冻肉煮山地萝卜辣椒芝士，或是土豆块炖辣椒芝士，这些都是不丹的家常菜，每一道都很开胃，平时要数着米粒吃饭的我们几个，连吃了两碗大米饭还想着要再加饭。来自上海的朋友Cherry行走世界很多地方，也独钟爱不丹的辣椒芝士和大米饭，不论身在英国剑桥还是以色列耶路撒冷老城，都见她在朋友圈里嚷嚷要去买一堆辣椒亲手做几道不丹菜解解馋。Cherry去了不丹十数次，每次都会登虎穴寺，最近一次见她在朋友圈分享，穿着琪拉的她步履如飞，上下山来回只花了四个小时，而结束了数小时的山路跋涉后，最大的犒赏也离不开一大碗不丹的白米饭和辣椒芝士。

从不丹带回广州的大米，放在厨房的贮米柜里。我妈妈用它来炒菜饭，加了点肉丁香菇丁小虾米，香喷喷的。记得小时候外祖母家人口众多，经常能吃到她用柴火大鼎做的菜饭，包括油菜饭、包菜饭、白菜饭、南瓜饭、茄子饭等等，那时物质紧张，没有那么多奇巧的配料，最多下点猪油渣，吃起来已觉得很香。我们还用这些不丹大米煮了几回地瓜粥，早餐送点萝卜干吃，相当不错。这也是20世纪七八十年代农家最简单朴素的饮食，如今因为大鱼大肉吃多吃腻了，人们返璞归真，回归极简，粗茶淡饭也觉香。

跋山涉水带回来的大米，除了这些家常做法，当然还可以做得精致，吃得有品位。前不久应友人之邀，到上海参加一个不丹旅友的聚会，聚会地是民国某名人故居，一幢三层楼小别

我在不丹中部乡村

墅，位于幽静的里弄尽头，女主人将其布置得极有东方禅意，席间茶点均为素食，一留英海归帅小伙现场为大家制作了以不丹红米为主材的素食点心，配以莲子、玫瑰花瓣、黑枸杞、肉桂粉，盛放于精美的青花小盏中，让人不忍下筷。席间，听国家地理杂志的王心阳大姐分享她与不丹王室结缘的故事，大家品尝了这道特别的不丹点心，彼此交流了在不丹旅行的难忘经历，有些旅友还穿着从不丹购买的琪拉和帼到现场，感觉好像又置身于千里之外的喜马拉雅山下，大家都特别想念那里的山水那里的人，像想念久别的家园和亲人。

说实话，山高水远从佛国不丹带来的红米，在口感上其实并没有比我们日常所吃的东北米或五常大米优胜多少，只是因为承载了旅者对旅行目的地那份特殊的情感而弥足珍贵。就像久居都市的人，每日在菜市场上可挑选的食品千万种，可总觉得比不上老家那方水土养的鸡鸭、种的果蔬香甜可口。未踏入不丹之前，这里只是陌生之地，可当来过之后，很自然地产生了一种对故园的亲切和眷恋。回不去，很想念，大概就是这种感受。

世俗平淡，难能可贵

答/疑

不丹的美好在人心

这里的纯净清澈、质朴天然，还有心灵的宁静和满足感，对信仰的虔诚，都是我们所处的这个世界的『稀缺品』。不丹之行，也让我开始思考生命的意义，在我们过往人生中曾经苦苦的追求，有多少是必须的呢？

告诉你一个真实的不丹

Kinley是一名射箭高手

这几天陆续有朋友就网上流传的一篇文章《不丹是世界上最幸福的国家？骗鬼啦！》向我求证，我想说的是，这篇网文对不丹所描绘的种种不快，至少我在不丹没有遇见过，留在我的记忆里只有美好，没有文中所说的“满街大便”，更没有“强买强卖”。

当然，这个世界的任何角落都不可能百分百完美，尤其是各方面还比较欠发达的不丹。不丹之行要比我们去的很多热门旅游点辛苦，衣食住行不会有发达地区的富足和享受。但不丹的幸福感并非来源于物质和金钱，而是简单生活的一种心灵满足和宁静，还有精神上有所信仰的充实。

我无意为不丹代言，但我也相信，每个亲历不丹的人，都有责任将在这个神秘国度感受到的快乐与美好向周围的人传递。刚巧不丹导游Kinley近日来中国学习中文，顺道来广州旅游。他毕业于Gaeddu商务学院，是不丹一家旅游公司的中文导游。我将这篇文章转给他看。他看完很生气地说，这篇文章完全在歪曲事实，不丹不存在这些现象。

真实的不丹究竟是什么样子，就让不丹人亲自告诉你吧！

一、关于不丹王后的身世

“不丹国王和王后那点破事天天贴……怎么不吹嘘一下不丹国王还娶了四胞胎为妾呢？王后是平民？人家是留学归来的印度裔贵族……”——网文

不丹导游：王后不是印度裔，网上的说法不是真的。王后吉增•佩玛的父亲是航空公司的飞行员，王后曾留学印度和英国，但她的身世与印度没有任何关系。

作者：需要说明的是，因为地缘和游牧民族的独特文化，不丹自古就实行一夫多妻和一妻多夫制，在民间也有百姓娶了几姐妹为妻的现象，不丹女人在征得第一个丈夫同意的情况下，也可以拥有第二个丈夫。不过，不丹人的婚姻观也在发生变化，年轻人更愿意选择一夫一妻制，现任国王旺楚克五世就公开承诺，他只娶一位王后。

二、关于不丹游的费用问题

“西藏随便哪个地方都比这里强！也不会每天被强制消费200美元。除此之外，外国人还要每天缴纳250美元给当地旅游局！”——网文

不丹导游：目前外国客人游不丹的单日费用是200—250美元（旺季和淡季不同），这笔费用包括了在不丹境内所有的吃住游和交通费用。外国游客交付的这笔费用直接进入国家账户，其中30%用于不丹政府对百姓免费医疗和教育的投入。除此以外，没有“外国人还应缴纳250美元”的说法。

不丹秋色，树木掩映下的金色佛塔

作者：据了解，20世纪，一些西方嬉皮进入不丹，对不丹的传统文化造成冲击。因此不丹旅游局推行“高价值，低客流”的政策，以一定经济门槛来限制入境客流，以保护不丹的生态环境。我的几趟不丹之行，除了前期向旅行社交纳的每天250美元，在不丹境内没有任何部门收取额外费用，全程吃住、景点全包。在不丹，很少有需要消费的地方，记得第一次去不丹，除了买了一条约200元人民币的“琪拉”和一本书，再没有其他支出。

三、关于不丹的卫生状况

“XX起码卫生条件比不丹强出几万条街，也没有满地的大便。”“所有景区的厕所全都不能冲水且露天，厕所‘收银员’仗着资源稀缺愣是把价格炒到了10美元一次！”——网文

不丹导游：这是虚假的消息。不丹向游客开放的宾馆、餐厅和景点都有免费向外国游客开放的厕所，有个别地方的收费厕所，每次是人民币一毛钱。

目前，不丹的城市垃圾都统一收集处理，农村每月也定期收运垃圾，不存在垃圾乱堆、大便遍地的现象。不丹人民很注意保护环境，前几天，不丹的巴士司机还统一组织到景区收集垃圾。

我和朋友们在不丹

不丹之美，在于质朴天然

作者：不丹虽然是一个经济落后的国家，但很重视环境保护。生态效益、人文效益和社会效益远高于经济效益，这也是不丹幸福指数高的秘诀。每一趟不丹之行，所到之处都有清澈的溪流和纯净的空气。

在每处景区，都配设了很多小巧的垃圾桶。宾馆和景区的厕所都配有冲水设置，虽然设备不是很先进，但十分干净。当地水源取自喜马拉雅山的冰泉，没有污染，我们每天外出都要在宾馆装上满满一瓶水饮用，没有任何问题。

四、关于景点的收费问题

“随便一个破景点就是七八十美元！不丹皇宫200美元，还只让在院子里逛逛不能进！坑死！”——网文

不丹导游：不丹的景点不存在另外收费的问题。没有“七八十美元一个景点”“200美元才可进不丹皇宫”的说法，此前游客交的团费已经包含所有吃住和景点参观。在不丹旧都普纳卡宗内，有一个地方是供奉不丹护法神的圣地，只有国王和大法师才能入内，不丹的老百姓也被限制进入，所以不会向游客开放。

作者：对于向往现代文明和物质体验的游客，不丹行的确不算一个正确的选择。喜马拉雅山群峰环抱的不丹王国，封闭落后，物质匮乏，有线电视和网络20世纪末才开通。因此有些人对不丹的国民幸福指数提出质疑，然而“子非鱼，焉知鱼之乐”。这里未经现代文明污染的纯净清澈、质朴天然，还有心灵的宁静和满足感，对信仰的虔诚，都是我们所处的这个世界的“稀缺品”。不丹之行，也让我可以去思考生命的意义，在我们过往人生中曾经苦苦的追求，有多少是必须的？

不丹尊重传统，手工艺代代相传

为何你会一再去不丹

不辞长作不丹人

以下为接受好友Bella（原《广州日报》编辑）采访的访谈内容：

一、你的每次出游，如何选定目的地？

其实每次出游都带有很大的随机性，通常大家提议一下目的地，如果觉得还挺吸引的，说走就走。当然，越是冷门，越是少有人去过的地方，通常都会比较神秘，对于我这种好奇心比较重的旅行者，总是兴趣会更浓些，帕劳多样化的海底世界，以色列的历史沧桑感和宗教的神秘，不丹世外桃源般的纯净，都是我想探究的。旅游，不仅仅是休憩，放松身心，更是一种体验，体验这个世界多元的文化，体验异域不同的生活，这样的旅途让我感觉很充实，也很有满足感。我喜欢有故事的城市，像耶路撒冷，一城阅尽人类历史三千年，地下每一层泥土砂石，都埋藏着一个曾经的盛世，让人感到很不可思议。又像是在不丹，有那么多古老的宗堡寺庙，还有关于今生来世的轮回故事，都让人心驰神往。

二、为何选择了不丹？

正是因为很多人都没去过，而不丹又有那么多美好的传说，所以想亲身去体验一下。

三、我注意到，你一年之中去了两次不丹，相比其他旅游地，不丹对你来说有什么特别的意义？

以往到其他地方旅游，每次踏上归程时总是归心似箭，可当离开不丹的那天起，心里却有很强烈的愿望，这个地方有一天我还会再来。这种感触在以前的旅程中从未有过。

应该说，不丹的生活模式给了我很大的触动，让我可以更深层地思考幸福是什么，当一个人不再为温饱而烦忧后，他的

田间习艺

幸福感更大程度地来源于心灵的满足，与物欲的关系不大，过多的物质追求反而成为一种负累。

还记得在不丹旧都普纳卡的清晨，一个人静静地坐在母亲河边看对岸炊烟的情景，那一刻心里很受触动，不丹这种未经现代文明污染的纯净清澈，质朴天然，还有心灵的宁静和满足感，以及对信仰的虔诚，是多少物质文明都换不来的。不丹之行，也让我可以去思考生命的意义，幸福的定义。

四、我留意到，相对其他旅游目的地，你对不丹有一种更深的感情。从不丹回来后，你对幸福有什么新的定义?

幸福是一个主观感受，每个人对幸福的定义各有不同。别人眼中的幸福，并不一定是你的幸福。你眼中他人的不幸，也许正是他人一辈子甘之如饴的生活。再赴不丹，可以说是对不丹幸福模式的向往，也是心底里一次对幸福答案的寻找。

也许这是一种缘分，不丹符合了我心中对理想家园的想象，简单，美好，温暖，而我也不自觉地把不丹当作自己的家园，尤其受不了别人对不丹的误解。前不久网上有一篇网文很火，里面对不丹有很多歪曲事实的报道，当时觉得就像自己的亲人受到误解一样，有种义不容辞的责任要为不丹正言，于是写了一篇文章逐一做出反驳，告诉大家一个我亲眼看到的不丹。

再赴不丹，我们更深入地体验不丹人的生活，了解到他们虽然物质不丰富，生活也很简朴，但内心都十分平和满足，他们无论老少都信仰佛教，注重修行，从容地面对生活中的一切。感受最深的是深入到不丹中部时，赶了一天山路后夜宿山谷却停电了，没有暖气也没能洗上热水澡，大家围坐在一起烤火，享用“烛光晚餐”，感觉特别难忘，也很开心。

五、请你说说旅游的意义。

旅人憧憬的诗和远方，其实也是彼处的平常日子。我们想要逃离的眼前，也是他人眼中的远方。关于旅行的意义，我也经常思考，大概是看了别处的风景和别人的生活，回来后要学会欣赏自己身边的人和风景，过好自己的日子。这些年旅游给我带来最大的收获，就是学会尊重和包容，学会欣赏异国不一样的民俗文化和生活态度。同时，因为旅途上阅历的增长，也更容易让人变得谦卑。

简单而温暖的美好

行前你要知道的一些事

简单美好的国度

或许你已经花了好长时间准备一趟不丹之旅，出行前你不妨先弄清楚这几个问题：

一、游客在不丹可以自由行吗？

不丹与中国目前尚未正式建交，普通游客在不丹仍不可以自由行。每位想到不丹旅游的外国游客，都必须通过不丹官方认定的旅行社进入不丹。不丹旅行社会在游客出行前办理好签证，这份签证资料打印后与机票一起随身携带，入境不丹时向工作人员出示即可。进入不丹境内旅游，有不丹旅行社的导游全程陪同。

游客进入不丹可从泰国曼谷或尼泊尔第三国入境。尼泊尔对中国游客实施免签，泰国入境可以选择提前签或落地签，落地签的游客记得准备2寸白底证件照片。通常由泰国飞往不丹帕罗国际机场的航班时间会在清晨，所以要有在泰国机场过夜的准备，或是在机场附近租住酒店休息，尽量减轻因赶早班机而带来的疲倦和困乏。

二、如何选择出行的最佳季节？

春秋两季是不丹的最佳旅游季节，每年3—5月和9—12月是不丹的旅游旺季，期间酒店和机票相对紧张，需要提前预订。不丹的雨季从6月中旬开始，降雨集中在每天下午和晚上，一直延续至9月。当9月底的最后一场大雨结束后，秋天开始降临不丹，从10月上旬开始到11月下旬气候宜人，是不丹旅游和徒步的黄金季节。不丹的12月到次年的2月仍然适宜旅游，期间气候偏冷游客也偏少，如果可以看到冬天不丹美丽的雪景，也是不枉此行。6月至8月是不丹旅游淡季，季风带来的降雨，容易让游客的出行之路受阻，不过这时却是欣赏不丹云海的绝佳季

不丹普纳卡山谷，清晨飘拂的云雾

节，清晨往窗外望去，云雾在山岚和宗堡之间飘拂，像仙境一般如梦如幻。

三、不丹旅游的穿衣指南

不丹早晚温差大，建议多层穿衣，方便早晚随时加减。每年的10月至次年3月是干季，平均气温10—20摄氏度左右，可携带秋季服装和薄羽绒外套，午间升温往往穿一件单衫已足够。女士不宜着装暴露，裙装和裤装都要过膝，不宜穿紧身衣裤，鞋履以轻便舒适为主，以方便山间徒步。游客在不丹拜谒宗堡和其他圣地时，无论男女皆须着装庄重，不要穿着短袖短裤，进入佛殿前需脱鞋脱帽，以示尊重。高原日晒强，如果不想旅程结束后，脸上留下两坨“高原红”做留念，防晒霜、遮阳帽和太阳镜是必备之物。

寺庙里着装齐整的不丹小男孩

四、在不丹有高原反应吗？

不丹的海拔和纬度相当于云南的丽江，地势平缓的普纳卡海拔1250米左右，虎穴寺3120米，首都廷布2300米左右，每天要在海拔不同的地方上上下下。因为不丹境内的森林覆盖率为75%左右，游客相当于在一个天然氧吧活动，很少听说有人有高原不适之感。倒是山路盘旋，汽车一路颠簸，有些游客会晕车，建议带上颈枕和护腰，必要时服用晕车药，进入不丹中部的山路崎岖难行，一趟要花上一整天的车程，建议随身携带喜欢的零食，可适时补充能量。

五、不丹的饮食适合我们吗？

不丹人多茹素，没有山珍野味，饮食相对简单，但无辣不欢。旅行社安排的游客团餐相对丰富，以自助餐为主，有米饭、蔬菜，肉类只是陪衬，口感辛辣，初时或许会不惯，但有人会慢慢喜欢，味道特别的不丹国菜辣椒芝士，往往会让人饭量大增。因为高原充足的日照以及当地的有机种植，蔬菜有一股久违的菜香，指头粗的胡萝卜、拳头大小的花菜，虽是袖珍版，但味道很甘甜。春天如遇野生蕨菜上市，一定不要错过。如果时间允许，可以要求旅行社安排一顿野餐，像当地人一样选择在风景胜地附近席地而坐，享用农家烹煮的地道不丹菜，那感觉一定很难忘。

六、到不丹选择什么伴手礼？

游客到不丹，消费的地方实在有限。可以买一套不丹传统国服穿上，旅程中拍拍照晒晒朋友圈。在廷布和帕罗可以买到不丹的唐卡，另外，松茸和虫草也是高原特产，路上有山民在摆卖，如果不放心，也可到帕罗的集市或机场专卖店购买。不丹的柠檬香水、手工造的香，价格都很实惠。如果去到中部布姆唐，当地手织作坊里的毛毯、围巾也值得一看。有些游客喜欢不丹音乐，像我就在廷布的商店里买了两张CD，放在汽车里偶尔听听也蛮不错。值得推荐的还有不丹的邮票，位于廷布的国家邮局是外国游客必到之处，可以为自己和亲朋定制一枚邮票。外国游客在不丹，只能使用美元，到了当地后可以兑换不丹货币，与人民币汇率大概是10∶1。

七、到不丹旅游安全有保障吗？

到不丹旅游，完全不用为财物安全而挂心。不丹是佛教国家，一直以来甚少受外界影响，这里民风淳朴，治安非常好，很多地方仍然保留夜不闭户的习惯。到了旅游目的地，即便你下车时，随手把包包和相机、护照放在车里面，也没有任何问题。不丹人大多腼腆而又友善，对于游客的合影要求都很乐意配合，并且会毫不吝啬地露出典型的“不丹式微笑”。首都廷

不丹手工纸制品

春天的不丹绿意盎然

布街头有很多野狗，白天都在晒太阳睡懒觉，如果没有做出主动攻击的行为，是不用担心它会反咬一口的。

八、进入佛教场所的注意事项

游客到了不丹，免不了每天到佛寺里拜拜，入乡随俗，这时可提前换好零钱，供养诸佛菩萨。朝见法王接哈达要低头双手举过头顶接福，进入佛教场所不要随意讲话，保持恭敬。登虎穴寺时，要听从工作人员指引，将相机和手机寄存。请务必尊重当地风俗习惯，不要发表不敬言论。

ANA by Karma proudly presented
a specially customised kera (bhutans
belt) to His Excellency. Dr Lotay
the Prime Minister.

尘/缘

我那些有爱又有趣的『丹友』们

因对一个国家的喜好和认同，素昧平生的人们一见如故，发现彼此的人生观和幸福观竟是如此契合。在我的朋友圈里，像这样的『丹友』不止一个两个，结束了美好而又短暂的不丹旅程之后，她们与这个梦幻之地的故事才刚刚掀开第一页。

（图/Quin 画）

一位女会计师在不丹的骑虎冒险奇遇记

来自喜马拉雅的彩虹

平生第一次，飞去一个陌生的城市见网友，居然就是去会不丹的旅友。

Quin，与我年龄相仿的一位女性，马来西亚出生的华人。某次在网上浏览资料，一本名为《来自喜马拉雅的彩虹》的书跃入我的眼帘，简介上说，这是一本介绍不丹王国围巾编织艺术的书。当时心想，这世上居然也有和我一样，同样喜爱不丹又同样钟情于传统编织手艺的人。

喜马拉雅的彩虹，并非每个人都有缘得见，像彩虹一样美丽的不丹围巾，却可以轻而易举地带回家。也就是从这本有趣的小书，我开始认识作者Quin。

数月后的一天，我们已经在苏州一家酒店的房间里，面对面喝着咖啡了。留着齐耳短发的Quin有着一对月牙儿般会笑的眼睛，见到她的第一眼，很快让我代入不丹的情景，像熟稔多年的好友攀谈起来。她的中文名里刚好含有一个“笑”字，看她分享每一张在不丹的图片，都绽放着笑脸，那是我熟悉的不丹式微笑，温婉，亲切，心无杂物。

旅途上萌发的公益

Quin是一名注册会计师，作为一家跨国公司的首席运营官和财务官，多年来她的行迹一直活跃在伦敦、上海和香港三地，与遥远的佛国不丹完全不在一个轨道。然而，一次旅行，一次偶遇，却让她与不丹结缘，并由此开启一份与传统手工编织有关的公益事业，至今已有上百名不丹女性获助。

不丹的编织手艺以东部最为出名，自古以来都是家庭传承为主，每户家庭都有独有的技法和图案。让这些像彩虹般美丽的手工织品走出不丹，走向世界，是Quin的梦想。近十年来她

Quin在给不丹妇女们上课

无数次飞往不丹，不单资助不丹妇女参加不丹管理学院开设的编织培训课程，而且亲力亲为，教授她们新的商业流程知识，学习如何做成本预算，如何实现团队合作，如何按现代化标准，发展传统手工艺。

因为文化差异和国情不同，Quin的这项公益开展得并不顺利，很多时候会在一些小问题上碰到意想不到的困难。刚开始每个女工编织出来的围巾，在尺寸上常常各有长短，没有一个符合标准。原来，不丹妇女在学习古老的编织手艺时，连同一些最原始的做法也照搬过来，以前不丹没有量尺，布料的长短一般都是手工艺者用自己的手臂来丈量，这样各施各法当然不可能符合现代化的制作标准。很快，Quin下一次赴不丹的行囊变得沉甸甸，那里面装上了几十把量尺。

Quin给不丹妇女上财务课，同样卖出去一条围巾，在不丹是多少努，到了日本和新加坡换算为不同的货币又是多少？要讲清这个问题不容易，自古以来几乎与世隔绝的她们，很难理解国际汇率的变化对生活的影响。Quin灵机一动，从市场上买来辣椒、土豆和青瓜，以此代替不同国家的货币，像小孩过家家一样在玩乐中学习汇率计算，好不容易才让大家都弄明白了。

会计师的涂鸦本

“这是我做过的大大小小的梦里，一个有趣的梦！”Quin说。Quin多年来外出旅游或公干，都喜欢随身携带一个本子，用文字和可爱的卡通画生动地记录途中趣闻。印象中只擅长跟数字打交道的会计师，没想到她旅途的涂鸦如此生动有趣。

在她走访不丹廷布的那一页手绘页面上，每一个时刻表旁边，满满地记录着各种课程和会见，她就像画中那一只拍打着翅膀，穿梭在宗堡与河谷之间的粉红色蜻蜓，忙得不亦乐乎。在她赴不丹的那一页，画着一颗颗可爱的红心，身形纤瘦的Quin拖着大大小小六个行李袋启程，那里面装着礼物、装饰品、为不丹孩子众筹而来的照相机、照片，还有满满的爱。“Do small things with great love.” “As you start to walk on the way, the way appears.”Quin在插画边写上的文字，寥寥几句，简短、精悍，却蕴含深意，

我喜欢其中一张Quin的自画像，画中剪着童花头的她被蒙住双眼，骑在一只同样蒙住眼睛的老虎背上，飞临到帕罗河谷上方。在不丹，昔日莲花生大士驾雌虎降临虎穴寺修行弘法的故事家喻户晓，在很多不丹朋友的心里，Quin也犹如天使般来到她们身边。“这张图实际上是在表达我当时骑虎难下的心境。”Quin解释说。当看到星星点点的希望之火刚刚燃起时，谁也不会忍心去浇灭它。

Quin的不丹旅行涂鸦，充满童趣

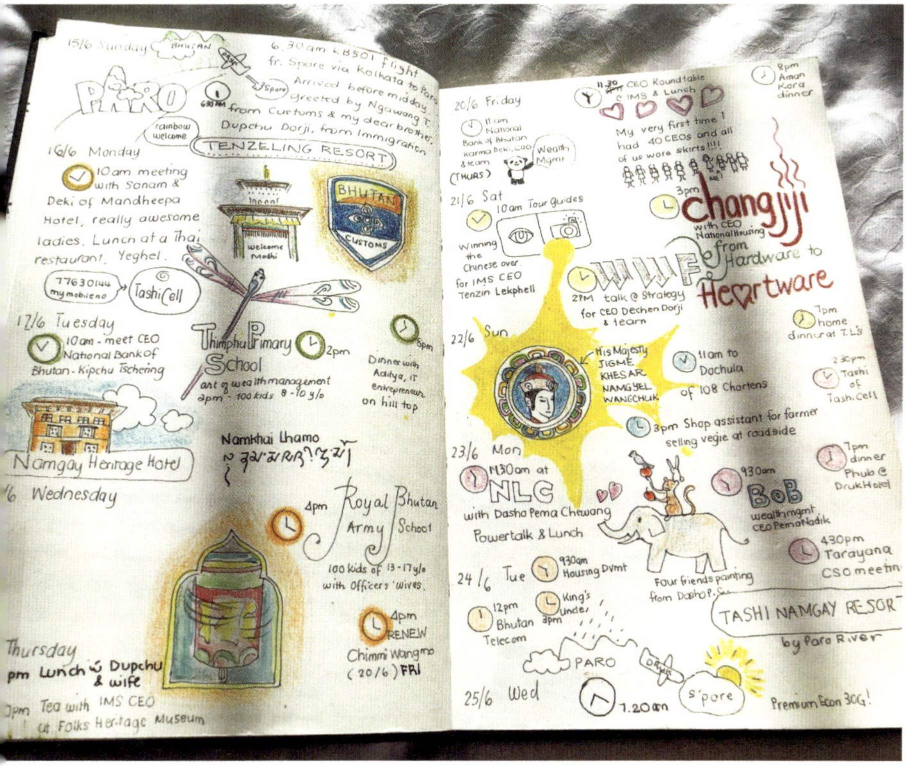

在不丹送不出的钱

一名女会计师，一名普通的旅者，为何会在不丹开启这项与女性及手工艺有关的公益呢？接下来Quin向我述说了她在不丹犹如骑虎冒险奇遇记的故事。

Quin很早就踏上不丹这片土地，初访不丹的十一年后，她又一次回到不丹，顺口问起她的老朋友多杰的生活近况。这个腼腆的不丹小伙子将手向上举起，然后又在下巴处停下。手到下巴，是为何意？“Ana（姐妹），你知道hand to mouth是勉强糊口的意思？而hand to chin……手够不着下巴，就是收入不足维持生活的意思。”

“一个相识了11年的朋友，我竟不知他的家庭贫困到无法维持生计，当时内心像被针刺了一样疼痛。”就在那一秒，Quin做出决定，必须帮助他们。多杰的妻子卡玛是个很有手工制作天赋的不丹女子，她可以编织色泽和花纹都非常漂亮的琪

编织彩虹的不丹织女

拉。Quin心想，不如帮她买一台缝纫机，让她用自己的手艺赚钱帮补家用，或许能改善他们拮据的经济状况。Quin从钱包里抽出200美元放到卡玛手里，在不丹这相当于买一台缝纫机的金额，卡玛却坚决地拒绝了她。

没想到，在不丹，送钱是如此困难的一件事。Quin有些无计可施。这时她从脖子上取下自己的围巾，问卡玛能否织出这样的东西，这次卡玛使劲地点了点头。两天后，卡玛抱着一叠围巾来到酒店，Quin拍下图片发到Facebook和微信上，邀请她的朋友们购买。仅仅几个小时的时间竟然卖出了四十多条，足够买好几台缝纫机了，而这还只是开始。

离开不丹一个月后，Quin惊觉，围巾的订单不知不觉已过百，订单从中国、马来西亚、新加坡、迪拜和欧洲雪花般飞来，有点让人招架不住。Quin把这个数字告诉了远在不丹的卡玛，这几乎承载了一个不丹女人的全部希望。“在接下来的五年，我将织出3650条围巾，请帮我卖出去。”卡玛发出一项更大的请求。

“倘若那天卡玛接受了我的现金，那么这个有关幸福和希望的故事，也就在那里终结，也就不会有后来社会企业的诞生。”Quin颇为感慨地说。至目前，已有上百名不丹妇女获得免费的编织技艺培训，编织幸福围巾上万条，围巾的销售所得也都回馈到不丹当地，未来还有更多的不丹贫困妇女受助。

这些像喜马拉雅彩虹一样绚丽多彩的围巾，由幸福之地不丹启始，翻越白雪皑皑的丛山，发送至世界各个国家的每位有缘人手里。借助这方小小的围巾，也在向世人传递不丹独特的文化和美丽，拉近不丹与外界的距离。

辗转多国的幸福围巾派对

如今Quin在忙碌的工作之余，最大的娱乐就是辗转中国、马来西亚和新加坡之间举办幸福围巾派对。“哪里有我的朋友们，我就飞到哪里。”

相遇在喜马拉雅山下

隔天在苏州一个国际学校的国际日活动上，Quin和她的伙伴Helen向人们介绍来自不丹的幸福围巾。Quin穿着不丹国服琪拉，宝蓝色上装搭配长及脚踝的姜黄色裙子，这条裙子由一块块手织布拼接而成，那上面有26个手工编成的英文字母图案，被Quin视若珍宝，去到哪里都带上。“这是我与不丹织女们的约定，她们中有很多人不识字，希望在学习手工的同时也学识字，不断提高文化程度。”

Helen，家住苏州，是我的另一位“丹友”，曾在某跨国公司任人事经理，曾两次到访不丹。Helen说，每次看到不丹这些受助的编织女工，她内心总会油然生出亲切之感，让她想起自己的母亲，一位未受过教育、朴实勤苦的农村妇女。她的愿望是，有一天，一家四口可以再度回到不丹，让他们的孩子去感受不一样的幸福观。

她说她的前世来自不丹

我和Cherry相聚在丹友会

有一段时间没有跟Cherry聊天了，看到微信上她所在的位置总是在变化，前几天还看到她在马不停蹄地从伦敦奔赴一个个英伦小镇的路上，徜徉在古堡与庄园里的她，频繁分享着英国私校的考察见闻和对国外教育体制的看法，几天没留意，一打开朋友圈，发现她人已在不丹，照片里的她穿着琪拉，在山上安静的寺庙里晒着太阳，一同入镜的还有穿着藏红色僧袍的喇嘛。Cherry是我欣赏的另一名“丹友”，拥有一颗自由的心和莫大的勇气，总是说走就走，行踪切换得比电影镜头还快。

在微信上，跟她聊起前几晚我做过的一个好玩的梦。梦中的我和儿子不知启程要往哪里，在虹桥机场下了飞机，接着坐上接驳车，突然隔着车窗看到Cherry，征尘满面、风风火火的样子，还是一头干练利索的短发，手上搭着件运动外套，右手拉着行李箱急匆匆地往前赶，像是要去登机，喊了她几声都没听到，最后她似乎反应过来，差一刻便四目相接，可我们的接驳车已然驶过。梦境像真的一样，生活中的我们，也是这样一次次地擦肩而过。

Cherry一年里有很多时间都在外面，因为工作的缘故经常要飞英国，有时间的话她喜欢去不丹。而她在上海的家，反倒成了中转的驿站，好几次听她开玩笑，太久没回家了，都有点担心是不是上海已把她的户籍给注销了。我们两个中国女人约了好几次要见面，首选的地点不在上海，也不在广州，竟是十几个小时才能飞抵的英国或是要中转他国才能到达的不丹。记得那年不丹旅游归来，碰巧朋友介绍认识了Cherry，两人在微信上聊得热火朝天。

一次心血来潮，飞去上海与她短暂会面。两个并不年轻的女人初次相见，心里没有设防，在那个飘着冷雨的冬夜，坐在上海街边一家不知名的餐馆里，喝着咖啡，聊着千里之遥的佛国不丹。我们分享着过往旅途的种种感悟和欣喜，带着对不丹像故土家园般的热爱和关切，交换新近一次到访不丹，所感受到的每一个细微变化，比如首都廷布街头的汽车似乎比以前多了，而且有了首家像肯德基的炸鸡快餐店，年轻人追求的生活方式明显改变了，去往不丹中部的路况有没有比以前好一些等等，言谈中有喜也有忧。

Cherry时不时就去不丹“串门”，几年时间，她护照本上的不丹入境签，已经盖了超过二十枚。刚开始是一个人去，她很享受不丹那种隔世的静谧，工作累了内心烦躁了，喜欢飞去那边住上几天，休整一下再回到上海的职场拼搏。慢慢地有朋友知道她熟悉，便让她带着一同游不丹，Cherry总是乐此不疲，从英国办完业务回来半途，转个机遛个弯就又去了一趟。每次去不丹Cherry必定会去登虎穴寺，最近一次看她晒朋友圈，穿着一身琪拉的她徒步上山下山，如履平地，前后花了不到四小时，比擅长山地行走的不丹人走得还要快，在虎穴寺前留影的她，脸上晒得黝黑，看起来跟不丹的妇女没什么两样。

Cherry 在不丹

去不丹的次数多了，她的朋友圈里渐渐多了一些不丹朋友，电影明星、政府官员、历史学家、手艺人、寺庙里的喇嘛，各行各业的都有，她喜欢跟他们交流，甚至去他们家做客。不丹地方小，圈子窄，大家抬头不见低头见，每次她走在廷布街头，遇到要打招呼的不丹熟人还真不少，大家的眼神里都夹杂着好奇，“这个中国女人又来了！”

素来喜好挑战自我的Cherry，她的不丹旅程和很多普通游客不一样，她和朋友曾经参加过春天不丹的国际马拉松比赛，在不丹故都普纳卡穿越田园和村庄，以跑步之名探访这块神秘的幸福之地。还曾在秋季踏上不丹的户外徒步之旅，沿着廷布到帕罗的雷龙小径昼行夜伏，连续几天几夜，经过游人罕至的高山和村落，夜里在野外扎营看星星，感受喜马拉雅山麓这个袖珍国家最为原始的风貌。她也会带朋友一起到隐迹于深山的寺庙里闭关几日，体验出世的恬淡宁静。Cherry成了朋友们眼里的“不丹通”，从前与她的生活毫无牵绊的不丹，居住在这里的人还有事，不知不觉已经走进她的生命版图。最近一次在微信上聊起近况，听说她正准备带朋友到不丹的东部，考察那里的传统编织技艺，接下来她还计划组织筹备一场藏族歌手在不丹的演唱会。

“我想成为中不民间文化交流的使者。”Cherry说。她希望更多人可以看到这个山地小国的美丽，体验这里独特的文化和幸福观。在这块佛教文化深厚的土地上行走多年，她也相信宿命和轮回。在一次催眠治疗中，她看到了她的前世，生于不丹长于王室，这辈子在不丹遇到的朋友，都曾经在她前世里出现过。生命中有太多难以解释的东西。尽管她的“看见”让人将信将疑，但转念一想，也只有这样深厚的缘分，才可以让一个半辈子都生活在繁华都市的上海职业女性，与不丹这个与世隔绝之地有这么多密集的联系。

佛说：前世五百次回眸，才换来今生一次擦肩而过。我和Cherry，一个生于长江以北的黄浦江边，一个长于长江以南的珠江之畔，如果不是因为彼此都喜欢的不丹，也不会相约一起在这个雨夜喝咖啡。可以确定，我们前辈子的缘分，一定不仅仅只有这五百次的回眸。

缘，是如此妙不可言

梵音在不丹

三年前初访不丹回来，认识了梵音。我与她分别居住在广深两城，素未谋面，只因都曾行走在快乐的穷国不丹，同样为彼处的质朴和天然所吸引，因而在网络的世界里一“见”如故。

梵音第一次去不丹，是她和先生的结婚纪念日，夫妻俩都想放下所有俗务，到一个特别的地方，完全不受外界打扰，于是不丹便成了首选。十年前的不丹远比今天我们看到的更为原始落后，电话完全打不通，没有网络，住宿和餐食也不尽人意，但对于他俩而言，没有太大关系。返璞归真，才是人生至境。

十年前的结婚纪念日之旅，夫妇俩在不丹经历了什么，又收获了什么，我没刻意去问，也不太方便直问。但看梵音每天在微信朋友圈晒的生活日常，答案已不言自明。这是一个善于经营家庭也很有生活智慧的女子，生活中琐碎的柴米油盐，日子过得如诗如酒如花般浪漫温馨，一家四口浓得化不开的亲情，令人止不住地羡慕。这一切都与不丹的幸福观相当契合。

“从不丹回来后，我又带父母去了一趟，大儿子也去了，妹妹比较晚出生，等她大一些也准备带她去。”梵音说。生命中遇见的美好，要跟至亲至爱的人分享。不丹的旅程，梵音至今已走了六次，即便每天只是转佛塔和走山路，也从不会感到单调无趣，尽是欢喜和满足，而且每次都有新的收获。父母年老，体力不足以攀登虎穴寺，梵音就陪着他们慢悠悠地走走宗堡和佛寺，对于长辈而言，亲人的朝夕陪伴更是弥足珍贵，金钱和物质都不能代替。她和好友一同带着孩子到不丹，来自现代都市的小顽童们，每天和首都廷布公立小学的孩子一起，穿着不丹国服去学校，一同学习和玩耍，一同打坐和参禅，大人则到佛寺里参加禅修课程。梵音说，这些年来行走不丹，除了身心灵得到成长，还有幸结识了诸多有缘人，这是不丹旅途带来的又一重欣喜。的确，对此我也深有感悟。

记得第一次去不丹，攀登至虎穴寺半山，忽听得熟悉的潮汕乡音，上前一番自我介绍，原来对方是来自深圳的潮汕老乡延兄夫妇，他们夫妇边爬着坡边喘着粗气，虎头虎脑的儿子却健步如飞，早已抵达虎穴寺顶点并从原路折回了。延兄一家自尼泊尔转机飞抵不丹，不巧行李箱在尼泊尔加德满都机场丢失，这几天在不丹轻装出行，随身只背两个小包，日常换洗的衣服一件都没有，却丝毫不影响心情，一路开开心心，照玩照睡。延嫂乐呵呵地说，行李丢了，正好把我也解放了，不用洗衣服，也不用收行李，这样的旅途多轻松。这不就是佛家所说的放下、自在、随缘吗？

开朗豁达的延兄一家让人油然生出好感，虎穴寺半山的偶遇，我们遂成了好朋友。从不丹回来后我们两家一直有来往，擅长厨艺的延嫂还亲自在家下厨，做了一桌色香味俱全的潮汕家乡菜宴请我们一家。大概两年后，梵音和她的朋友共同策划了一场非物质文化遗产主题的梵呗音乐会，给我寄来了招待票，我们约上延兄夫妇一同去欣赏。是晚深圳湾春茧体育馆莲灯点点，佛音袅袅，我和先生，延兄夫妇，还有众好友，因为不丹结下的缘分，得以一起聆听澄澈美妙的梵音，疗愈身心。冥冥之中似乎提前安排好了这一切，而更凑巧的还在后头。

网上相识多年的我和梵音，终于在不久前见面，一聊，巧得很，原来我俩还是正宗的同乡，她的老家和我的老家，相隔仅一条村几步路而已。缘，就是这样地妙不可言。两个人讲着熟悉的乡音，谈论着千里之外的不丹，感慨良多。不丹这样一个小众的旅游地，有一股尘世外的安谧，让人忍不住想念的，不是壮阔雄奇的风景，而是身处其中那份宁静而又美好的心境，连同一路偶遇的人，多年后有缘再见，也有一种说不出的亲切和温暖。

初次踏足的异国不丹，如故土家园般让人眷恋想念，让人期盼着可以一去再去，说来外人或许难以相信，但我的不少“丹友”，都有着相似的感受，他们甚至在回程的路上，就已经在计划下次的重游。不丹，就是这样一个神奇的地方。

一花一世界，一叶一菩提（图/兴华　摄）

回/首

我的童年我的乡土

不丹的旅程常让我想起孩提时代在潮汕的乡间生活。那时候村前屋后的溪流还清澈可鉴，鱼虾仿佛触手可及，大人们忙着操持生计，孩子们无拘无束。记忆中的乡村生活宁静而有人情味，时间还远未成为奢侈品，无论是看一朵云，听一场雨，还是哼一首歌，都如此随意自在。

听戏

黄少琼剪纸作品《潮汕民俗》

夏日慵懒的午后，眯着眼半卧在躺椅上，听着潮剧CD里传出的唱段，恍惚间记忆的闸门打开，好像又回到多年前。也是这样令人困倦的午后，一个小女孩正与瞌睡虫作战，昏昏沉沉地趴在桌子上写作业。这时，收音机里突然传出震天响的锣鼓声，电台的“潮剧连播”栏目准点开播了。

在那个知识匮乏的年代，传唱于千家万户的潮剧，完成了对无数孩子的音乐启蒙、历史普及和人生启迪。戏园里幻灯片映出来的唱词，反复吟唱让人感觉是如此的美。讲究的字幕，都是漂亮的毛笔字，是乡村孩子写字认字的绝佳教材。记忆中的童年乡间，榕树下，老屋前，女人们喜欢凑在一起，边做手工边听收音机里流淌的潮剧，一边还东家长西家短地说着闲话，什么都没耽误。这样的日子过得快，等到日头快落山，男人们从地里干活回来，女人们就该到灶间起火煮饭了。

那些年，电视机仍稀罕，可并不妨碍大家天天追好戏。左邻右舍的收音机开得震天响，即便你没兴趣听，也挡不住声波的传播。大字不识一个的妇女哼起潮剧的唱段，一长串的戏词可以一字不差地背出来。那时候的农村都是大家庭，因小事引发矛盾致使亲人同室操戈也会发生，劝架的长辈说了一通大道理，或许不一定见效，他们喜欢引经据典，搬出戏里的某个人物或故事作对照，劝诫大家以和为贵。这时，即便素来蛮横惯的人也会低头接受教育，红着脸不敢再作恶。

因为潮剧院几年才出新戏，电台翻来覆去都是播那几出老戏，听得耳朵长茧，但仍然百听不厌。偶尔戏院上演潮剧，往往人山人海，守门的保安手执扁担，凶神恶煞的模样。小孩子只要可以被大人抱着进场，就可免票。买不了票的，就只能隔着门缝，竖起耳朵听听里面的锣鼓声，也是一种享受。

那时候，潮剧演员也有很多粉丝。记得当年澄海潮剧团的《彩楼记》风靡一时，演员蔡植群饰演穷书生吕蒙正，邻居一姑娘家觉得他长得英俊，害了单相思，说亲的小伙一个接一个，但没有一个合她眼缘。陈学希和孙少华拍了潮剧电影《张春郎削发》，真是一票难求，那种热度丝毫不逊色于今天的好莱坞大片上映。

那些年，潮剧人热，戏校也会到各地招人。据说严苛得像今天的选美大赛，除了声线，还要样貌、身段，脸上连一点小瑕疵都不能有。村里有位音乐老师，一双儿女都报了戏校，儿子录上了，可惜到了青春期“变声”，被退了回来。村里人谈起这件事，都是一声叹息。随着年岁渐长，不知不觉中，周围喜欢听潮剧的“知音”越来越少，偶有同龄人谈起，一脸不屑，笑话听潮剧的都是些不合时宜的老人家。

一片老CD勾起了我幼时关于潮剧的美好回忆。此刻的广州，正是万家灯火之际，我们家的CD机袅袅飘出的，是那些熟悉的潮乐和唱段。一时间仿佛时空倒流，我又回到童年时代的潮汕小乡村，此刻灶间传出饭香，外婆笑盈盈坐在门槛上，耳边依旧潮乐悠扬……

钩花

黄少琼剪纸作品《潮汕民俗》

最近的一次搬家，翻遍了箱子，竟然找不到多年前亲手织的一件凤尾花图案的旧毛衣了，为此懊恼了好一阵子。

那件毛衣是当年按八十多岁高龄的外婆口授的针法，用米白色兔毛细线织成，手感非常柔软的毛衣，上面盛开着一朵朵凤尾花，似乎在迎着风摇曳。外婆说，她脑子里装的几十种针法里，凤尾花的图案最为复杂又最为美丽，织一朵凤尾花至少需要记好十几个针法的先后次序，错一针就无法成形。当时还为她老人家如此缜密和清晰的思维赞叹不已。

潮汕的乡村，四五岁的小女孩就要开始学做手工帮补家用。钩通花是我们那条村的传统手艺，小小的藤编花篮里装着小线团和银色钩针，这些就是全部家当。夏日里，村里头老榕树的树荫下，老房子凉爽的后门楼，都是女人爱扎堆做手工的地方，搬个小矮凳坐下，或是干脆坐在门槛上，大家听着收音机里播放的潮剧，嘴里跟着哼唱，手中的活计却一刻也没停，待到日午，手快的人，花篮里已经叠了好多成品了。

记得我刚会拿钩针，就跟姨妈学钩通花，刚开始还不能钩大的蕾丝花块，从绞辫子针学起，练得针脚细密均匀之后，再学钩小梅花，钩一片小梅花大概可赚一分钱的工钱，再跟大的蕾丝花块串在一起，就成了一张美丽的蕾丝床单桌布或披肩，浆过定型之后就可以交还花厂了。

就像耳聪目明一样，心灵与手巧也是一对孪生姐妹。现在回想起来，童年学做手工活，无形之中也是在接受一种很有效的幼教。它既是一种手眼协调能力的训练，也是专注力的绝佳培养。多年后，有一次看到儿子沉浸在他的乐高世界里，用一方方小塑料块砌出各种各样的形状图案并为此喜不自禁时，突然想起，这与我幼时钩花做手工一样，都是对动手能力和想象力的培养。只不过年代不同，方法不一样罢了。

我人生中第一张照片，是坐在婴儿车里的娃娃照。虽是一张小小的黑白照，仍能看到当年还是小不点的我，身上穿的是一件鱼网纹的短袖蕾丝上衣，不消说，这是外婆当年灯下一针一线为外孙女手钩而成的，在那个审美单一、着装古板单调的年代，显得是那么特别。及至回城读书，冬天御寒的毛衣都是外婆的杰作，各种花纹图案多得记不清，有时候会用不同颜色的毛线相间，织成小动物的卡通图案，非常可爱。

读初中那会，有亲戚送了一块绘着淡淡花草图案的呢子布料，假若整块布料裁剪成我们平时常穿的西式便装，感觉有点太花哨，思来想去不知如何是好，后来我提议不如依照旗袍的样式，缝制成立领短袄，钉上老式盘扣，衣裾镶边，缝制出来一件带有古典味道的新衣，果然让人眼前一亮，初中毕业那年穿上这件衣服拍了半身照，至今看起来还是特别好看。

长大工作以后，经常购买一些漂亮的名牌衣服，穿在身上当然是无可挑剔了，但不知怎的，却再也找不到当年一件自裁的新衣给人带来的快乐和满足感了。

拜月

黄少琼剪纸作品《潮汕民俗》

俗话说，年怕中秋，月怕十五。年岁渐长之后，对年节抱着一种矛盾的心态。而商家却巴不得天天过节，端午节的粽子刚下架，月饼大战已经拉开帷幕，等到中秋节到来，月饼已经泛滥，看着都觉得发腻，连尝一口的念头都没有。小时候却不是这样子，一块小小的中秋月饼让人盼了一整年，也回味了一整年。

孩提时代的中秋节是从大人准备做糕饼开始的。记忆中，外婆忙完家务活，将所有锅碗瓢盆收拾干净后，搬出老石臼，一个人坐在大厅门槛上捣着花生和芝麻碎。备好的料通常会用罐子装好，用盖子封紧，放在高处，以免被家里乱窜的猫狗或小孩踢翻倒洒。遇上好天气，做糕饼的模具就要提前拿出来，小的糕印上面，通常刻着鱼、莲花或是蟠桃的吉祥图案，大的圆形糕印里有奔月的嫦娥，还有广寒宫里的玉兔。大人将这些大大小小的木质模具用清水洗一遍，晾干备用。外婆扳着指头计算着要用几斤糖，几斤生粉熟粉，几斤红豆，几斤花生，一切准备妥当后的某一天，家里的客厅突然变得热闹，大人们一个个都忙碌起来，有人烧水，有人和面，有人擀饼皮，外头支着一口大鼎，咕噜噜地沸腾着热油，等着做好的成品下锅。

小时候，老家过中秋除了做月饼，还喜欢印糕，做豆方（一种用花生混合糖浆做成的方块零食）。因为家里小孩多，外婆喜欢印一些小动物形状的糕饼，上面串着一条小红绳，拿在手里特别可爱，有时候都舍不得入口。还有一种叫云片糕的，也叫书册糕，像合起来的书本，里面层层叠叠像薄薄的书页，咬起来很松软，吃的时候不禁想，要是读书识字也像吃书册糕一样，满口清甜，那可真是美好。

当然，最好看的糕饼，是要留到中秋夜拜完月娘（嫦娥）之后，才可享用的。中秋之夜，大家吃好晚饭收拾好碗筷，用井水将露天庭院的地面冲洗得干干净净，搬来供桌摆在月下，供奉的糕饼大的小的，都用盘子装好，连同当季的鲜果都呈送上来，满满一桌蔚为壮观。这时候，家里已经入学的孩子，要把新学期刚发的新书和新本子，拿来拜月娘，在月色下将书本一页页翻开，洒过中秋夜圆月辉的书籍，读过之后感觉自己多了一些聪慧。

记得在某一年的中秋夜，拜完月娘之后便跑到小伙伴家疯玩，夜深了才回家。一路上，月色如银，倾泻满地。幼年懵懂的我突然像发现新大陆一样，发现顶上云层里半掩着脸的月亮，也会移动。我走到哪，她也跟到哪，我停下来，她也不动了。我走回到家洗漱完毕，抬头往窗外一望，月亮正静静地挂在家门前的半空。这一有趣的自然现象，对于当年生活在乡间的小女孩而言，实在感到太神奇。已经记不清等到多少年后，才从书本里找到谜底。

多年后，当我来到不丹，在本世纪的超级月亮之夜，走在中部乡村布姆唐宁静的山路上，我们在走，月亮也跟着走。突然感到这一幕何其熟悉，原来它尘封在我童年的记忆里，好久好久都没有打开过。